海上孤鸿

（苏）比安基 ◎ 著

刘 海 ◎ 编译

金盾出版社
JIN DUN CHU BAN SHE

内容提要

1894年，维塔利·比安基出生在一个养着许多飞禽走兽的家庭里。他父亲是俄国著名的自然科学家。在父辈的影响下，他决心要用艺术的语言，让那些奇妙、美丽、珍奇的小动物永远活在他的书里。他以其擅长描写动植物生活的艺术才能，用轻快的笔触进行创作，故事情节引人入胜。其作品连续再版，深受青少年朋友的喜爱。本书所记述的故事最真实、最有趣、最温情、最生动、最博学、最快乐！不但开发了青少年朋友自主学习的能力和观察、表达能力，而且让青少年朋友怀着兴趣和热情，主动阅读，主动思考，达到了学习与思考相辅相成的完美结合。

图书在版编目（CIP）数据

海上孤鸿／（苏）比安基著；刘海编译 .—北京： 金盾出版社，2013.12（2024.3 重印）

ISBN 978-7-5082-8814-7

Ⅰ.①海… Ⅱ.①比… ②刘… Ⅲ.①童话-苏联-缩写 Ⅳ.①I512.88

中国版本图书馆 CIP 数据核字（2013）第 222744 号

金盾出版社出版、总发行
北京太平路5号（地铁万寿路站往南）
邮政编码：100036 电话：68214039 83219215
传真：68276683 网址：www.jdcbs.cn
封面印刷：三河市玉星印刷装订厂
正文印刷：北京市德美印刷厂
装订：北京市德美印刷厂
各地新华书店经销
开本：787×1092 1/16 印张：10 字数：160 千字
2013 年 9 月第 1 版 2024 年 3 月第 2 次印刷
印数：1~6 000 册 定价：22.00 元

（凡购买金盾出版社的图书，如有缺页、
倒页、脱页者，本社发行部负责调换）

走进大自然的灵魂深处

维塔利·比安基出生于1894年2月12日，成长于彼得格勒的一个著名俄罗斯生物学家家庭。儿时的生活环境唤醒了他对故乡和大自然毕生的兴趣。

小的时候他就是科学院动物博物馆的常客。父亲就在这里工作。作家童年时的第一个理想也是在这里产生的。他家里养了许多鸟兽。每年夏天，一家人都会去郊外、乡村或海滨钓鱼捕鸟。

他的第一个朋友是个乡村牧人，一个孤儿。他们一起搭窝棚，引诱鸟儿，用盐作诱饵引来狍。由此他对雏儿、野兽、昆虫渐渐地产生了喜爱之情。牧笛、水壶、煎锅、用来存放斧子的带窟窿的树桩，在古老的原始森林中漫步，这些记忆伴随他一生。他少年时就开始狩猎，在上大学时便和农民、护林员、老猎人一起打猎，他们对复杂的森林生活相当了解。他的父亲

是他的第一位也是最重要的一位自然老师，那时对他来说最有趣的事情，莫过于和父亲去林中散步。

第一次探险旅行历时四年，他走遍了伏尔加河流域、乌拉尔山、阿尔泰山、哈萨克斯坦等地，也就是从阿拉伯海到科克切塔夫和彼得罗巴甫洛夫斯克之间的地区。他参加了比斯克博物馆组织，担任短期博物学老师。在这段时间里，在经验、素材、语言、文学形象等方面的积累对日后他的写作产生了积极作用。

他的一生，甚至是生命的最后一刻，仍不断地和读者们交流各种思想，他收到来自苏联各地以各种渠道寄来的信。给他写信的人有中学生，也有他们的父母；有学者，也有农庄庄员；有文学初学者，也有退休工人。有经验丰富的猎人，也有年轻的自然学家；有教师，也有士兵。他们交流经验，提出问题，互相讨论，称赞或批评对方的意见。他们讲述自己的生活，分享狩猎趣事，展示初涉文学时的作品。

在35年的文学创作中，他完成了300多部作品，其中包括短篇小说、童话、长篇小说、随笔、论文等。他的作品被译成48种当时苏联的各地方语言，总发行量达4000万册，畅销18个国家。根据他的童话和随笔改编了几十部电影脚本和动画片，几百部记录片。

在比安基的作品中，材料的真实性决定了事件发生位置的准确性和周围的环境，这包括栖息地和存在时间，最重要的是物种种类：野兽，鸟类，昆虫，植物等。

他的自然历史作品在生物学方面准确、典型又具体。在童话和故事中并不是所有蝴蝶和鸟类都有特定的名字，准确地说，有时使用它的学名或物种性状，甚至根据栖息地和习惯，习性来称呼它。

但是大自然的艺术，不是照片，不是教科书，不是博物馆标签。作品的基础在于原始材料的艺术转化。在艺术的烘托下，科学现象被提升到了一个形象总结的高度。他通晓本国的自然、地理和生物学等方面的知识，才使他能够描写得更具体，更准确。所以，我们有充分的理由说，在他的文学作品中科学与艺术得到了真正的结合。

难道可以忘了小说《最后的孤兽》中那个伟大的形象吗？森林中的最后一位巨人——孤单的麋鹿，为了躲避敌人藏到密林深处的一个小岛上。还有那本畅销30年的儿童读物《大山猫摩尔祖克》——小说中那只被护林员训练过并陪伴他一生的猞猁。

但是，作家最喜欢的形象，也是作品中出现的频率最高的还是鸟类。在他的童话和故事中，各个种类、毛色、声音的鸟儿们群居在一起。他从未错过任何一种鸟，他的作品堪称鸟类的百科全书。

读者们会在比安基的作品中认识和了解很多动物，这其中有人类的朋友，也有人类的敌人，但我们都应该理智地从研究者和未来主人公的视角去观察他们。

这样，他的书一定能够唤醒广大读者对大自然的浓厚兴趣，不断地探索、发掘"新大陆"。

俄国著名文学评论家

戈尔·格拉金斯基

目录 CONTENTS

▶ 金 鸥

挺进大本营 / 002　　向岛上出发 / 003　　搜 寻 / 006

金色的银鸥 / 008

▶ 花尾榛鸡

猎 手 / 012　　教授的梦想 / 014　　追 熊 / 015

熊的故事 / 018

▶ 童年的记忆

小鸡和"妈妈" / 024　　聪明的小喜鹊 / 026

亲密无间的伙伴 / 027　　可爱的瞎松鼠 / 029

守纪律的小兔子 / 030

海上孤鸿

▶ **小米沙与白额雁**

致禽鸟保护委员会会长的信 / 034　　一只白额雁 / 035

重获自由 / 037　　突遇险境 / 042　　逃离灾难 / 046

米沙的牵挂 / 050　　疲惫的旅程 / 052　　一路向前 / 058

提心吊胆 / 061　　受　伤 / 065　　比翼双飞 / 068

尾　声 / 072

▶ **我的小"补丁"**

初次见面 / 076　　鞋子 / 077　　潜水健将 / 078

狗的猎物 / 079　　迷　路 / 081　　无　助 / 083　　寻　找 / 084

获救——补丁的功勋 / 084

▶ **动物的世界里**

技艺高超的"驾驶员" / 088　　"如卡莫"现场报道 / 093

小鹊鸭的世界 / 095　　小米夏轶事 / 108　　聪明的野鸭 / 112

不用斧子的工匠们 / 114　　年轻的乌鸦 / 117

▶ **农庄里的趣闻**

冬天，绿草在生长 / 120　　小兽的故事 / 125

怕事的安利什卡 / 129　　伊戈尔忙碌的一天 / 132

金 鸥

我立马拿出鸟类图鉴和拔羽毛的工具，按照图鉴上说的特性，这就是西伯利亚银鸥，但是诧异的是，这羽毛的颜色，是银鸥不具有的。或者说，我发现了一个新的物种，就是"金鸥"。

挺进大本营

8月14日那一天，我们的渔船"猎人号"在奥布多尔斯克起航，经由北极圈，海岸线很快就消逝在我们视线里，没留下半点踪迹，海水好像吞噬了整个世界。

我们再次看见陆地的时候已经是清晨的时候了。可是这里的土地看上去十分突兀，没有树。

我们的船行驶在岛屿之间的河道上，正午时分，"猎人号"停在了以前涅涅茨人的临时营地，这个地方叫布侬阔。神奇的是，在这个人迹罕至的荒凉地带，我们却发现了一支武装渔业队伍，有一些"接收电报""公共食堂"等类似的招牌，共有十几间小木房，仓库上个都搭着跳板，渔网被放置在已经开辟的一片场地上。

这里的人很是热情，对我们盛情款待，但是那里的食堂没有给外来人准备一点多余的粮食。一个身材魁梧的猎人是渔队的首领，他叫来一个8岁的小男孩，说道，"去到仓库给他们拿一条小点的鲟鱼，小男孩带我来到了一个大棚里，里面放着一大堆的长约两米的已经切开露着金黄色鱼肉的鲟鱼，还有更大的这样的腌渍的鱼挂在天花板上。

小男孩在众多小点的鲟鱼中找了一条最肥的。"这是一条好鱼，叔叔，你要拿好了。"鲟鱼锋利的嘴上勾着一根绳子，我就拖着这跟绳子跑回去。并不是怕弄脏衣服才这样拿的，就算是我拽着绳子的手，都已经到我下巴的位置了，并且这条所谓的小鱼还是拖在地上的，才走了一半去大本营的路程，我就已经筋疲力尽了，手上也被磨起了泡。

我们在大本营待了没多长时间，因为人们都在忙着各自打渔的事情，我们并不想影响到他们，就出去到冻原上打猎去了。

向岛上出发

年纪不大的戈里沙渔夫对我们说："你们想去岛上吗？我今天休息，可以帮你们带带路，那边有可能会看到大雁。"

"准备好就可以走了。"

"我们的大网是不能随身携带的，你们的网和面罩呢？"

"没事的，怎么也不至于让蚊子给咬死吧。"

"不是这个意思，因为我早已习惯了，但是我还是希望你们带上吧。"

戈里沙很大方地递给我一个防蚊面罩，我在头上把纱布围好，然后再重新把帽子戴上，自己感觉像一匹马套上磨燕麦一样。

说话间我们到了河道边上，有3艘小小的、弯刀一般的船停在那里。

瓦连金把一艘船毫不费劲地向前推出去，大胆地跳上去，背好枪刚站好，小船的身体一下就沉到水中，看不见了。

事发很突然，根本就没人反应过来，我一下子就呆在那里了。紧接着他又从水里窜到了岸上，身上像一个水生动物一样，被泥浆和杂草裹得严严实实。我顿时捧腹大笑。

瓦连金全身都是湿的，嘴里骂骂咧咧的。我们帮他把枪擦干净，在另外一条船上放好，这条船会比刚才那条大一些，大家小心翼翼地坐好，戈里沙和瓦连金负责划桨，我来掌舵，小船晃晃悠悠，坐起来也平稳，但是它在水里滑行，就像在空气中一般。瞬间，河道变得开阔起来，些许丈流汇入到这里，大浪平稳而有力地打在船舷上，船只随时都有被掀翻的危险。

我心理盘算着："这要是下去游泳应该问题不大，如果背着枪在这湍急的水流里游泳会是什么样呢？"

"这里的水有多深啊？戈里沙。"

"对了，不久之前真的测量过这里，深度是 44 米。"

"呵呵，进去试试吗？"

我们很快就来到了一马平川的小岛上，有几只很大的鸟在那里栖息，我看见这些就忘记了刚才在河流里的危险，一下把面罩撕掉，手里抓起枪，船身跟着晃动了一下，然后又平稳了，这里的鸟太美了，真的想象不到。

"你认识这是什么吗？戈里沙。"

渔夫划桨的身体没动，把头转过来，说道"应该是雕。"

"我老早就听说雕了，是雕？它有些像海鸥，竖着耳朵，像一根杆子站在那里。"

渔夫疑惑地说："难道是银鸥？但是又不是这种颜色。"

"是的，就是这种颜色。"

在西伯利亚这里，人们把大海鸥称作银鸥，年龄小的银鸥是灰白色的，年龄老的会全身变成纯白色。但是这只鸟通体呈棕黄色，背后颜色更浓一些，让我们震惊的是，它的全身看起来就像是披着金色的霞光。

大鸟把身体转了过来，面向我们，它的前胸也是一样的颜色，给人金色光芒的感觉更加强烈，我迅速在记忆里翻阅我知道的所有鸟的类型：领头鸟？雌鸟？不对，我很快就否定了自己的想法，这些鸟都不是这样。

也就是说，这并不是平常的鸟，可能还没有被科学发现，眼下就是想办法接近它，开枪打它，船晃晃悠悠地停在了岸边，3个人没坐稳，差点掉进水里。

"别跑"鸟飞起来了，我一下就站了起来，

"它向远处飞去了！"

如果现在开枪的话，距离偏远，可还是要把它打死。这可绝对是个好东西，不能这么就丢掉了，我抬手就是一枪，大鸟晃动了一下翅膀，然后又起飞。我又拎起另外一把枪，这次打中了它的翅膀，大鸟在原地打了个转，落到了水里，我心中这个美啊，就好像把宝贝抱在怀里了。

"看那边！"瓦连金大喊。然后跟着渔夫跳下去了，好像是看到什么了！

我的枪法非常准确，但没有想到的是，顿时间成群的野鸭和鸟类都飞了起来，把平行的海岸线提高到了空中，我并没有开枪打它们，我眼睛在盯着我刚才打的猎物，那两个人则向海岸线飞奔而去。

我的眼前漂浮着我从来都没有见过的鸟，它只不过是一只不同

寻常的海鸥，它的整个羽毛是金色的，眼睛周围是红色的，尖嘴的下半部有着零星的火红的暗斑。

我当机立断，就用它的颜色来命名，把它称作"金鸥"。

忽然又一阵声音传来，"大雁，大雁！"

搜 寻

我抱起我的猎物，回到船上，用船桨小心翼翼地把它压住，以防它被不时路过的"海盗"们掳走，然后划着船向同伴们赶去。

这里到处都是蚊子和飞虫，洼地里到处都是杂草、泥沼。飞禽鸟类铺天盖地的飞过，我们刚出现的地方，立刻就被大片的野鸭占领，大雁也都纷纷飞走。但是这里的蚊子却越来越多，无时无刻都在增加它们的数量。

我们的头顶被这群蚊虫笼罩着，它们紧紧地压着我们，甚至都飞进我们的眼睛里、嘴里、鼻孔里，我时时刻刻都被他们的针扎着。我的防蚊面罩早就不知道哪里去了，好像是在瓦连金的脸上，无所谓了，反正这个时候也起不到什么作用了，他也把这个东西撕下来，因为这个时候估计只有钢板才能起到作用。

我们在贪婪欲望的驱使下，不断地向前走去，终于走出了蚊群，我们分散开行走，一群鸟类在我的猎枪面前飞来飞去，但是我没有开枪打它们。这些鸟类被渔夫们称为"流苏鹬"。一些大大小小的泥坑中，游荡着一些慵懒的瓣蹼鹬。我绕开他们。继续向前走去。

这里的水都是透明的，并且冒着气泡，水底是金黄色的沙土。

底下的小水流像温泉一样不断地翻滚着，我刚开始还以为是天燃气呢，其实它们用来给地下水排气的。

水里密密麻麻地长满了像帽子一样的水草，时不时还会钻出来小伞状的木贼。这种感觉就像是在一片帽子岛上有着什么东西在嬉戏玩耍。我举起枪慢慢地靠近观察。突然，我发现水草里有一个圆圆的眼睛在一眨一眨地看着我，东西不大，但是异常冷静。就像钢板会闪光一样。难道是蛇鸟？还是野兽？我也不清楚这是什么东西。

我在那里静止一分钟的时间，它也在那里一动不动，并且还是一副毫不在意的神态。我轻轻地向前挪动，小眼睛一下就消失了，我停了下来，心想，"如果这是一只鸟的话，一定会飞起来的，"但是它还是没有半点声响。我继续向前走，依然没有看到什么，这时我看到有一条河流汇入岛上的一条水渠，好像有什么东西在游动着，我再次停下来，发现一条黑色的小船游了过来，我安心地放下枪，原来是一只大潜鸭。它们长期生活在水里，就连身上的肉都变成黑色的了。

这个时候，它们已经不能利用水草在我面前藏猫猫了，它们用尽全身力气，飞快地游走，小雏鸭还没有长满羽毛，被鸭妈妈用嘴叼着，使尽吃奶的劲，来躲避我这个坏人。我不能开枪打它们。因为这个季节还有小鸭子出生，绝对是罕见的景观。

我浑身上下被蚊子咬的难受得很，赶紧向河边走去，那里有凉爽的风，蚊虫飞不过来，顺便还能休息一会儿。

那两个人已经累得筋疲力尽了，双腿站在水里，大口地喘着粗

气。我点燃一根烟，向他们走去，已经没有什么动力能让我们再走回去了。

金色的银鸥

夜幕来临了，世界被烟色所覆盖，所有的鸟类也都不知道躲到哪里去了，周围一下就安静下来。剩下的就只有蚊子在嗡嗡地飞行，现在到了野鸭的活动时间了，他们悄无声息地游动着，时而杂乱地冲到水草里。

真正打猎的时间到了，我们不能呆在原地，要分散上岛。

每向前走一步，都会溅起泥水，时不时地有一只野鸭在呱呱地叫着，从我们的身旁或者身后飞向前方。

这里只有野鸭在黄昏时间活动，它们并不是偷偷潜入的。

打完猎，我们清算猎物，唯一珍贵的猎物就只有一只针尾鸭，其余都是些北极圈常有的鸭子。

我们回到大本营已经马上到晚上了。

渔民们看到我们都吓坏了，"都看不见你们的脸了"。他们说的其实是很反话，我们不仅脸还在，并且脸还大了许多。被蚊子咬的面目全非，肿得比正常人的脸大了一倍。

但是对我来说，付出了这么多，却得到了一只金鸥，值得了。我把它给渔民们看，他们说是"银鸥！"

"金色的银鸥，这颜色的确实没有见过，很难想象。"

"我心里一阵窃喜"。

我立马拿出鸟类图鉴和拔羽毛的工具，按照图鉴上说的特性，这就是西伯利亚银鸥，但是诧异的是，这羽毛的颜色，是银鸥不具有的。或者说，我发现了一个新的物种，就是"金鸥"。我感到非常满意，然后把图鉴放了起来。

此时，我发现我刚才手中翻过的书页上留下了金黄色的油渍，我嘟囔着："这是什么东西，我在什么地方碰到的油吗？"我闻了一下，有种焦油的味儿，我仔细盯着我的海鸥，顿时恍然大悟。

我偷偷地把金黄色的鸟用纸包起来，担心被别人发现。走到外边，把它丢进垃圾堆。瓦连金就站在不远的地方，但他仿佛没有看见。

科学家从来都没有记录过这种美丽的"金鸥"！但又有谁知道它曾经在油桶里洗过澡，这件事情我再也没有向渔民提起过了。

又过了一天，我们离开了这里，在我们的大船上，我和瓦连金在欣赏着岛上的风景，水面很平静，点缀着星火，犹如彩虹般绚丽。

瓦连金突然对我说："你的奇异海鸥的羽毛呢？要记得保存啊，可能在科学上会有新的发现呢。"

我苦笑了一下说："丢了"。

一位留着海报胡须的游客向我们走过来，目光看起来像个水手。

他手指水面说道："这是他们独有的经验"。

我问："谁？什么经验？"

"布依阔的渔民们，自古以来，那里都有这样的习惯，为了能把各个地方的鱼赶到这里，他们把油脂装到袋子里，鱼儿在有油脂的地方不能呼吸，就游到别的地方去，这样的话，所有的鱼都会游到同一个地方。看这水，全都是油，要是进去游个泳，出来就成了

黄种人了。"

"多漂亮的金色水面！"瓦连金眼睛看着远处说。忽然，他转向我说："最好把你的鸟称为'焦油海鸥'。"

对于他的挖苦，我全当没听见，开始急切地向"海豹胡子"问起北极圈的新生活。

花尾榛鸡

维克托·斯捷潘诺维奇喜欢打野禽,比如:黑琴鸡、松鸡、沙鸡、野鸭,有一次他甚至打到过一只小鹿,被人们误认为是一只"野山羊"。但是,他却从来没有打到过花尾榛鸡。

猎 手

我与维克托·斯捷潘诺维奇相识已久，初次碰面是在斯维尔德洛夫斯克，他是一位著名的花尾榛鸡猎手。阿尔塞尼是他的侄子，有一次我们出去打猎，打到许多野味，本来想在森林里待上几个晚上，但是我们发现一个问题：我们根本没有带帐篷。

维克托·斯捷潘诺维奇说道：

"我知道离这里不远有个小木屋，旁边还有个斯图金泉眼。你们愿不愿意去那里？"

我们骑马到达目的地时天色已经完全黑下来了，我们把马拴好，好不容易找到了他口中所说的小木屋。这小屋低矮拥挤，窗户和烟囱早已不知所踪，我走到木屋前，肩膀几乎顶到房顶。

阿尔塞尼拴好马，然后便出去找水，我和维克托·斯捷潘诺维奇则负责捡柴火，我们架起炉灶准备生火。

我们把炉灶堆砌起来，发现顶盖上的窟窿居然堵不住。

很快，烟雾便在这低矮的小屋弥漫开来，我们被呛的咳嗽不止，眼睛也被烟雾迷得睁不开。木屋里极其简陋，除了我现在躺着的破床和这个一次性的炉灶，再无其他。

10分钟以后，炉火慢慢旺了起来，烟雾顺着烟囱慢慢往外排。

又过了1个小时，美美地喝完野味炖的汤，然后舒服地躺在床上打起了盹。壁炉里的柴火正烧的很旺，噼噼啪啪作响，木屋外马脖子上的铃铛也随风作响。屋里慢慢热起来了，暖洋洋的。

深夜里我突然醒了过来，四周如死般的寂静让我感到极度不安。

壁炉里的柴火已经熄灭了，透过烟囱看到天上冷冷的星星，秋叶也随风飘了下来。

这让我感到不安。是不是发生什么事情了？怎么如此安静？

对了！马铃声呢？我一翻身坐了起来，往壁炉里扔了几根柴火，把衣服披在身上走了出去。

身旁的维克托·斯捷潘诺维奇被我惊醒也坐了起来。

突然间外面传来马粗大的鼻息声和嘶嘶的惊叫，然后是马蹄不安地在地上重重践踏的声音。

"阿尔塞尼别睡了！"维克托·斯捷潘诺维奇大声喊道。"我们出去看看发生了什么事！"很快我们便跑出了小屋，手里紧紧握着武器。

我们看到马受到惊吓，不安地哆嗦着，巨大的轮廓在黑暗中若隐若现，马鼻中喷着粗气。

我提议让阿尔塞尼把火点旺，他钻进木屋，添了些柴火，然后举着一个火把出来。

我们看着地上马蹄踏过的地方，最后来到泉水旁边，然后线索就断了。

周围寂静得吓人，远处高山下的森林在夜幕中显得阴暗神秘。

我们走回小木屋，把马缰绳拴到木屋上，添了些干柴，防备可能出现的"敌人"。

我们三个人就这么沉默着一直待到天亮。

教授的梦想

直到太阳出来的时候，我和阿尔塞尼被叫醒，看到维克托·斯捷潘诺维奇用严厉的目光紧紧盯着我们说到："你们想到什么了吗？昨天出现的是赤脚老头！"

赤脚老头是一头上了年纪的熊，我们叫他米哈伊尔·伊万内奇，大熊的踪迹在河对岸清晰可见。这是一头上了年纪的熊，我建议进行追踪。

"我可不敢去！"维克托·斯捷潘诺维奇搓着双手说到，"你们这是找死。我最好还是去打花尾榛鸡。"

我不禁想起了教授的一个可爱的秘密，他应该不会怪我吧。教授是一个天生的猎手，但他只打花尾榛鸡，但就是这么一位对打猎充满热情，不知疲倦的猎人却连一只鸡都没打死过。

维克托·斯捷潘诺维奇喜欢打野禽，比如：黑琴鸡、松鸡、沙鸡、野鸭，有一次他甚至打到过一只小鹿，被人们误认为是一只"野山羊"。但是，他却从来没有打到过花尾榛鸡。

教授对花尾榛鸡异常钟爱。当这种鸡比黑琴鸡大一些，比松鸡小一些，猎狗很难逮到它，它肆意在你脚下穿行，一瞬间就飞得无影无踪，有时候没有敏锐的眼光你根本发现不了它，因为它的个头实在太小。

聪明的猎人们发明了一种非常简单的狩猎方式，用诱鸟风笛吸引它们。你只需要在发现花尾榛鸡时，找个树桩坐下，然后开始吹风笛，花尾榛鸡被风笛如妈妈呼唤孩子般的声音吸引，纷纷落到地上来，这时去抓它就变得轻而易举了，连猎枪都用不到。

维克托·斯捷潘诺维奇对此不屑一顾。他认为带风笛狩猎是一种耻辱。

直到有一天，维克托·斯捷潘诺维奇遇到了一群花尾榛鸡，它们惊恐地飞起来，穿梭在金色的桦树林中。维克托·斯捷潘诺维奇被漂亮的花尾榛鸡深深吸引住了。

教授举起枪，朝着花尾榛鸡连开两枪。

可惜花尾榛鸡太小太快了，它们像箭一样，教授毫无收获。秋天的桦树林树叶随风飘落下来，像金色的喷泉，教授情不自禁地唱了起来，"在这金秋时节，农村一派忙碌景象……"一群花尾榛鸡被歌声吸引，出现在周围，教授端起枪结果又是一无所获。他的枪实在太过老旧了。

维克托·斯捷潘诺维奇在林子里游荡了一整天，却一只花尾榛鸡都没打到。鲁莽的山鸡和松鸡却会送上门来。所以打花尾榛鸡变成了教授的梦想，即使是一只。

追熊

阿尔塞尼被留在了木屋旁，他需要照看马，况且也没有能够射杀熊的子弹，我只身一人去追熊。

我随着熊的脚印一直到密林深处，然后转圈回到泉眼，又被带到森林深处。

森林中到处都是熊穿行的脚印，火把把它吓坏了，这个"赤脚的老头儿"胆子被吓破了，像只兔子一样穿过密林，又经过旷地。

大概走了3里路。身体感到十分疲劳，便在一颗云杉下躺下来。睡醒后，感觉浑身软绵绵的，舒服极了。

雨后的林地到处湿润绵软，大熊走过的足迹清晰地印在上面。它这下无路可逃了。

然而，我过于乐观了，任务并没有我想的那么简单。

天慢慢地暗了下来。熊的脚印里，雨水慢慢地增多，很明显，这个家伙刚才从这里经过。我端起枪，小心翼翼地往前走。

我手中的双管猎枪装满了威力十足的"扎坎枪弹"。打到身上炸成四瓣，威力极大。

我放慢脚步，侧着耳朵仔细倾听。耳朵里满是呼呼的风声。现在危机四伏，如果熊先发现我，那么一切都完了。

我注视着地上的脚印，神经绷得紧紧的。

我突然发现，这地方似曾相识，我刚刚来过这里。

我想起来了。刚才这里有一大堆树枝，可是之前我站在树堆的另一侧，现在我站在另外一侧。

很明显，熊刚才就躺在这里，它把树枝盖在自己身上，伪装起来。我当时的确听到熊的脚步声了，是它放了我一马。

我吓坏了，不顾一切地冲出密林，跑到悬崖边上时已经气喘吁吁。

熊不见了踪影，我环顾四周，峡谷里静静流淌的小河，对岸幽深的原始森林，两岸都是熊的足印。

我知道再追下去没有任何意义了，它刚才放过我一马，我只想趁天黑尽快赶回去。

晚上的时候我把自己的经历告诉了他们俩。

"胡说八道！"阿尔塞尼大声喊道，"带着武器你还怕熊，我看你是吓坏了！把芬兰刀给我，我自己去找熊。"

我只是微微笑了一下。

阿尔塞尼突然变得怒不可遏。

"我们是人！我们比它聪明一万倍，熊只不过是个什么也想不明白的笨蛋，它有强壮的身躯有什么用呢！我知道该怎么糊弄熊，该在哪里下刀子！"阿尔塞尼朝我喊道，唾沫星子溅了我一脸。

维克托·斯捷潘诺维奇把一些树枝丢进壁炉里，慢慢说道：

"这些话跟乌拉尔原始森林的朋友谈还差不多，我可不打熊，我只打花尾榛鸡。"

我看了看墙上挂着的猎物，其中没有打到的花尾榛鸡，我懒得问教授了。

"阿尔泰的猎人们只带一把刀，带钢钩的木球根本就不是武器，可是你们知道那是一群什么样的人吗？"

"他们从来不怕熊，当熊开始咆哮反抗时，他们也敢冲上去，把木球砸向熊！"

"熊是一个接球的高手，熊用力握住钢球，钩子就深深扎在熊的手中，根本拽不动，熊的前爪牢牢地连在一起，疼得嗷嗷直叫，然后仰面摔倒。"

"熊的后爪要是抓到木球也会被钩住。然后就是猎人的囊中之

物了。"

"那也不完全是这样的，"维克托补充道，"我就知道一个这样的故事，那是一个出色的乌拉尔猎人。"

"猎人住在比利姆普山下的卡纳瓦罗夫村子里，又一次带着一个小男孩去帕拉米哈河打松鸡。"

"他们在河边打松鸡的时候，子弹打到藏在草丛里熊的屁股上。"

"熊怒不可遏，朝着猎人狂扑过来。猎人再次扣动扳机，瞄准了熊的眼睛，可是稍微高了点。"

"熊惨叫一声，倒在地上，拼命地用爪子捂住了眼睛。小男孩吓得早已经跑到了树上。"

"熊站了起来，凭着嗅觉发现了藏在树上的男孩，然后拉他下来，活活掐死了。猎人吓坏了，跑到另一棵树上，结果也被熊拉下来活活掐死。"

"熊一般不袭击人，可是即使是受伤的熊我也不想碰上。"阿尔塞尼说到。

熊的故事

接下来我讲了一个关于熊的故事，我也是从好朋友那里听来的。

我的朋友性格和毅力如钢铁一般，我不知道怎么描述他身上的优点。

阿尔塞尼有点不相信，大笑着说道："我可不信！"

我说:"这样的毅力还是有的。"

1930年的时候我们逃进乌拉尔森林,我们在山洞里像野兽一样吃野果为生。

有一天维金特出去采浆果,我待在山洞里修理鞋子。可是左等右等也不见他回来,我有点着急便出去喊他的名字,却没有听到有人回答。

我有一丝不祥的预感,他没有带枪,难道是被野兽袭击了?

突然间我看到他一瘸一拐的最回来,脸上如死人一般,手里拿着什么东西。

当他走近,我看到他手上光秃秃的,肉皮全被剥掉了。我赶忙过去扶他,他一声不吭,一下子昏了过去。我把他手上的皮重新贴到他手上,然后包扎好。

过了1个小时,他慢慢醒了过来,告诉我发生的事情。

他说在悬钩旁边发现一头母熊和几头小熊,小熊像孩子一样朝他跑过来,母熊吼了一声,想制止小熊,担心它受伤。

维金特就笔直地站在那里,小熊跑到他身边,舔着他的双手,那只小熊只有五个月大,可是舌头就像砂纸一样,维金特手上的皮被一寸一寸舔了下来,像手套一样。

最后母熊带着小熊走了,维金特侥幸保住一条性命。

这样的性格和毅力,要是换了我,我早就疼得大叫了。

我要是见到一头母熊和几头小熊早就吓坏了,明天我一定打来一只花尾榛鸡,我想到方法了,它绝对跑不了。

说着说着我们都困得睡着了。

接下来什么事情也没有发生，我们没找到熊，维克托也没有打到花尾榛鸡。后来返回斯维尔德洛夫斯克后，我们便分手了，我回到列宁格勒。

昨天的时候，我突然收到一封来自乌拉尔的信件。

信中所说让我心潮澎湃。

心里这样写道：

去年秋天的时候，教授、阿尔塞尼，还有维克托·斯捷潘诺维奇的弟弟，他是一位医生也是猎手代替了我，一同前往斯图金泉眼去碰运气。

同样的小木屋。教授跟往常一样，一只花尾榛鸡也没打到。

他们发现了熊的脚印，很明显不是老熊。教授习惯的在左枪管中装上扎坎弹，右枪管塞满了小颗粒弹药，那是专门打花尾榛鸡的。

走出密林的时候，教授在一个非常大的树干前停了下来，他在想：这里一定会有花尾榛鸡。

教授轻轻地爬上树干。

他看到一头熊，然后另外一头。两只熊就这么直立站着。

"母熊跑到哪儿去了？"维克托·斯捷潘诺维奇正在想着，突然他看到了头发蓬松的母熊，就在树桩下面的蚂蚁窝里。

教授吓坏了，后面没有退路了，只有密林。

小熊吼了一声，然后便站了起来。母熊听到声音也站了起来，扭过头看到了教授。

维克托·斯捷潘诺维奇端起枪，不假思索地扣动扳机。

然后感觉到一个巨大的东西迎面扑来，随后便什么也不知道了。

维克托·斯捷潘诺维奇的弟弟被巨大的响声惊动，朝着对面喊了两声，阿尔塞尼回应了一句，却没有听到教授的声音。

医生感觉不对劲，心中升起一丝恐惧，绕过云杉树朝对面跑了过去。

他看到一头熊正直挺挺地站在木桩上面，他被惊呆了。

维克托呢？医生脑子里迅速闪了一下。

他抽出刀，跳到熊身上，直直的把刀插到熊的肩胛骨中。

熊没有反应，它已经死了。医生惊恐的看着熊，它的眼睛已经被打烂，被刀插过的地方汩汩地冒出鲜血。

可是并没有发现维克托。

突然他感到一阵钻心的痛，他转过头，看到一头小熊将爪子深深刺进自己的腿中。

医生拔出刀，狠狠戳向小熊。

"维克托，你在哪儿？"医生大声喊道，与此同时阿尔塞尼从树林中跑来，身后拖着一只小熊，手中的猎枪还冒着白烟。

"维克托被熊杀死了……"他狂喊着，跑向阿尔塞尼。

突然脚下一滑，身体笔直地落了下去。

他掉到一个坑中，手臂下被什么硬邦邦、热乎乎的东西硌了一下，四周全是枯枝败叶和浓密的草。

医生急忙扒开叶子。维克托正躺在下面，脸上和胸前都是血。

医生听了听教授的心跳，还活着！

"阿尔塞尼！"医生大喊。

两个人把维克托·斯捷潘诺维奇拖了上来，阿尔塞尼急忙跑到

泉水旁边用帽子取了些水。

很久，维克托慢慢地睁开了眼睛。

"我睡觉了吗？怎么感觉像是在做梦。"教授睁开眼睛，"现在几点了，咱们快回去吧，不然就要在这里过夜了！"

教授完全忘记了他杀死了熊，也忘记了自己掉到坑里，他什么都不记得了。

医生擦去教授身上的鲜血，发现他居然毫发无伤，他身上全是熊的血！

医生回过头自己检查了母熊和小熊，扎坎枪弹穿过母熊的胸膛射进它的心脏。小颗粒子弹击中了母熊的眼睛和嘴巴。

教授居然被受重伤的母熊抱到坑里。不可思议。

"我现在才记起来刚才发生的一幕，刚醒来时我却什么也记不得了。我现在就在小木屋旁边的木墩上给你写信，旁边还是幽深的森林、辽阔的草原和天空，松鸡和花尾榛鸡在林中跳跃。"

"我到现在也不相信我居然打到那么大一只'花尾榛鸡'，我可没跟踪他，我觉得好像不是我，是另外一个人杀了他。"

"我还是像以前一样只打花尾榛鸡，虽然到现在为止我一只也没有打到过，可是，我相信总有一天我会打到的！"

童年的记忆

就在这时,一个可怕的黑影从窗前划过:一只老鹰从空中俯冲下来。说时迟,那时快,在老鹰抓起一只小鸡,拍打着翅膀向空中飞去的刹那间。一只黑猫从台阶上腾空而起,猛地扑向了老鹰。

小鸡和"妈妈"

玛什卡是费宁姑妈家的一只母猫,在猫宝宝心目中,它永远都是最棒的母亲。小猫刚出生时,玛什卡就把自己香甜的奶水喂给孩子们吃,等它们会吃食时,就为它们抓来老鼠和小鸟这样的野味,有时还在夜里偷来隔壁家的小鸡仔,真是夜间大盗啊!它可让费宁姑妈没少操心!

现在,玛什卡已经年老体衰,一年多没有生育了——它以后再也不会有孩子了。

也许是年龄大的缘故,玛什卡越来越不爱活动了,整天不是趴在火炉旁睡懒觉,就是卧在台阶上晒太阳。

今年夏天,费宁姑妈的小孙女纳特卡到这里来度暑假。她对大自然很感兴趣,在学校里还积极加入了少年自然科学研究小组呢。刚来到姑妈家,她就央求着说:"我要养几只刚出世的小鸡,这是我们研究小组特别交代的。"

费宁姑妈说:"在母猫眼皮底下养小鸡是很危险的,它们准会沦为玛什卡的盘中餐的!"

纳特卡接着说:"姑妈,您还不了解,我们这是在做实验,只是一个实验罢了。"

姑妈自古以来就对"实验"这个词倍感兴趣,一听孙女说是做实验,就迫不及待地说:

"原来是实验呀,那我这就给你准备小鸡去。"

费宁姑妈从养鸡场买回来几只小鸡，它们刚刚破壳，看上去特别小。姑妈把小鸡拿出篮子，让它们在院子里活动，而纳特卡担心玛什卡扑过来吃小鸡，就拿着一根树枝在台阶上看着它。

玛什卡假装睡着了。其实它一直半睁着眼睛，窥视着小鸡们。小鸡们在院子里快活地奔跑着，啄食地上的谷粒，一只小鸡不小心把玛什卡的小饭盆碰翻了。玛什卡目睹了眼前的这一切，却并没有扑过来。

"看来实验很成功呀！"费宁姑妈吃惊地说，"也许是玛什卡现在还不饿呢。"

小鸡们一边吃着谷子，一边不停地叫唤着，似乎在寻找什么。

"它们应该在找妈妈吧，"费宁姑妈说，"小鸡们怕冷，又没有家，渴望寻求帮助呢。"

这时，一只小鸡发现了躺在台阶上的玛什卡，就兴奋地奔了过去！紧接着，其他小鸡也跟了过去。

这发生的太突然了，费宁姑妈和纳特卡还没有弄明白怎么回事，小鸡们就已向玛什卡依偎了过去：有三只钻到了它爪子下，一只藏到了尾巴下，还有两只爬到了它的背上。玛什卡眼睛睁开又闭上，爬在那里一动不动，好像什么都没有发生似的。

事实上，玛什卡的内心早已被触动。小鸡们对它如此信赖，毫无戒备地趴在它怀里，这让它倍感温暖。

小黄鸡们安静地躺在母猫的怀抱里，暖暖地，很快就沉入了梦乡——也许，它们把母猫当成了自己的妈妈。而老猫也很乐意这么做，似乎还带着幸福的喜悦，打了几个哈欠，又接着睡了。从那以

后，玛什卡就像对待自己的孩子一样，悉心地照料着小鸡们。每次都是等小鸡们把肚子填饱，它才走近食盆去吃饭。

没过多久，不幸还是降临了。

一天，费宁姑妈和纳特卡正在厨房里做饭，还不时地观望着院子里的小鸡们。而小鸡们在院子里跑来跑去，四处寻找食物吃。

就在这时，一个可怕的黑影从窗前划过：一只老鹰从空中俯冲下来。说时迟，那时快，在老鹰抓起一只小鸡，拍打着翅膀向空中飞去的刹那间。一只黑猫从台阶上腾空而起，猛地扑向了老鹰。这突如其来的、惊险的瞬间，让费宁姑妈和纳特卡猝不及防，甚至还没有反应过来。

黑色的绒毛和羽毛在半空中沸沸扬扬。黑猫虽然抓伤了敌人，但自己也重重地跌了一跤。看到这一切，小鸡们纷纷向"妈妈"围了过来。而遭遇攻击的老鹰，拖着受伤的身子，狼狈地逃遁了。

从那以后，老鹰再也不敢打小鸡们的主意了。一旦看到玛什卡，它就躲得远远的。到了秋天，纳特卡成了6只小鸡的主人。费宁姑妈遇人就说："我们的实验真是太成功了，玛什卡真是一位尽责的'鸡妈妈'呀！"

聪明的小喜鹊

有一次，一群无事的小男孩捣毁了一个喜鹊窝，捉住一只喜鹊，整天折磨它。我实在忍心不下，就把它要了过来，并悉心地照料它，还给它取了一个很诗意的名字——"卡丽娅"。在我的精心照料下，卡丽娅很快就长大了。它无忧无虑，活蹦乱跳，成天"喳喳"地叫个不停。它特别聪明，竟然和我一起学会了"写字"，它把尖嘴巴伸到墨水瓶里，蘸了点墨汁，就在纸上胡乱地"写"起来。不一会儿，一张洁白的纸被它写得密密麻麻，斑斑点点。写完后，它就叼着自己的"大作"，满屋子炫耀，好像在自豪地说："看，我多有才！"

后来，卡丽娅结识了小狗涅尔卡，并和它一起组建了足球队。

它们玩球各有绝招：涅尔卡用爪子，卡丽娅用嘴巴。它们都想第一个抢到球，但每次却都抓不住，尽管如此，它们玩得还是很开心。

到了晚上，卡丽娅也不会让人清静，不是蹦，就是闹，还不停地叫唤，你想睡觉根本没门儿！每次，我都会耐心地对它说："小家伙安静点，好吗！别再闹了，大伙都睡觉了，你也该休息了！"

有一天夜里，它竟然自言自语："睡觉了，睡觉了。"字吐得特别清晰，就像人说的"岁交"一样。要是大伙不理睬它，它就会发火，还会大声嚷道："给我安静，别出声！"

紧接着又在催人们："睡觉，睡觉，都睡觉！"

亲密无间的伙伴

巴夏耶奇卡，是我们家在农场生活时养的一只小猫的名字，我们都很喜欢它。它不但聪明，而且懂人话，主人不允许的事情，它从来不去做。

一天晚上，我突然听见一阵翅膀拍打的声音。于是，就走出去看个究竟，结果发现巴夏耶奇卡抓了一只小鸡。我把小鸡救下后，好好地教训了小猫一顿。后来，我们把小鸡也养大了，还给它取名"特拉斯多克"。

特拉斯多克和我们相处得很融洽，一点都不怕生。它喜欢在屋子里玩耍，偶尔跑到窗台上抓苍蝇吃。大家都提醒我说："如果你不在，巴夏耶奇卡肯定会吃小鸡的。"于是，我就对小猫命令道："不能欺负特拉斯多克。"

一天，我外出办事，把猫锁在了屋里。当我回到家里，却发现猫和小鸡都不见了。我心里顿时就紧张了起来。一转眼，我发现巴夏耶奇卡正趴在书架上，缩成一团，像鸟窝似的，而特拉斯多克却坦然地睡在"窝"里。

从此，它们就成了形影不离的好朋友，甚至连睡觉都在一起。如果特拉斯多克老赖着不起，巴夏耶奇卡就会用爪子碰它，把它叫醒。

巴夏耶奇卡很喜欢让特拉斯多克跳到它的背上，啄它的毛，而且每次它都会呼呼大睡起来。现在令我担心的倒是巴夏耶奇卡了，生怕特拉斯多克一不小心啄瞎它的眼睛。

有一次，我们正准备出去看电影，邻居给我们送来了一缸小鲤鱼。我向他道了谢，就把鱼缸放到了厨房里。

邻居气愤地说："这些鱼儿是送给你的，不是让猫来吃的！"

我的小儿子尤拉回答说："您放心吧，我们家的小猫可听话了，没有主人的许可，它都不敢任意妄为的。"

但邻居不相信，就和尤拉打赌，赌注是一块巧克力。

看完电影，我找来邻居一起回到家里，向他揭晓打赌的结果。当我打开厨房门时，却大为吃惊，鱼缸空了，小鲤鱼不翼而飞了。

"看吧，这就是你们家忠诚的猫！"邻居说。而尤拉也哭了。

突然，桌子下传出一阵"簌簌"的声响，循声望去，只见一条猫尾巴从桌下伸了出来。这时，我们才发现小鱼儿都躺在了桌子底下，而巴夏耶奇卡和特拉斯多克正守着它们。小鱼儿不停地抖动着，猫和小鸡就紧紧地盯着它们，以防它们跑掉。

邻居看到巴夏耶奇卡和特拉斯如此忠诚，开心地笑了，他二话没说，把一大盒巧克力给了尤拉。并发誓：从今以后再也不打赌了！

可爱的瞎松鼠

春天的时候，爸爸在林子里捉到了一只小松鼠。当时它正在大松树下玩耍，树上就是它的家。可能是不留神从树上掉下来了吧。

爸爸把小松鼠带回家的时候，我们发现它没有眼睛，是没有睁开，还是瞎了呢？因为，它们刚出生时眼睛都是闭着的。它还很小，用奶嘴喂，它不会吃，我们只好用手指蘸着奶水让它舔。过了好长时间，它才慢慢学会了用奶嘴吃。

在我们的精心照料下，小松鼠一天天地长大，唯独眼睛还没有睁开。突然有一天，我们发现它的眼睛睁开了，但两只眼睛全是白色的——它真的瞎了。我们束手无策，不知如何是好。

虽然它什么也看不见，但它很可爱，还特别聪明，成天活蹦乱跳，听声音就能辨认出我和爸爸。它一看到我们进屋，就兴奋地跳到我的肩膀上。有一次，还钻到爸爸的口袋里，找东西吃。

尽管小松鼠的眼睛瞎了，但它行动却很自如，在房间很轻易就能找到松子和坚果。它吃完3个坚果，感觉饱了，就把第四个藏了起来。不过，那种藏法能保险么？它把坚果藏到角落里，自己看不到，就以为安全了，其实呢，我们都能看得见，那地方是人人都能看到的。

小松鼠喜欢在屋子里蹦蹦跳跳，跑来跑去，而且从来都不会碰到东西。从椅子上跳到床上，再从床上跳到柜子上，对它来说简直都小菜一碟。它还真是一位出色的杂技演员呢！

但是，如果桌子和其他东西被移动了位置，它就不会那么幸运了，就会一头栽倒在地上。所以，在挪动家具时，最好让它听到，这样就能确定具体位置了，就不会再跳空了。

耳朵也可以探知世界，况且小松鼠的听觉很敏锐，它有了耳朵，就等于拥有了一双明亮的眼睛。

守纪律的小兔子

老实说，我对兔子是陌生的。只是多少了解一点儿，它们可谓是长跑健将，胆小怕生，爱吃萝卜和白菜。

我退休后，在我们退休所饲养了3只小白兔。那时，我们才知道，原来兔子是那样的招人喜欢。每天清晨，它们都早早地爬起来，活蹦乱跳，做早操。之后，就去吃早点了。它们在角落里东瞧瞧、西望望，看主人把早餐送来了么？有时，它甚至还站起身来，用爪子去碰食盆呢！

渐渐地，小兔子对我们产生了依赖，对我们的关怀也习以为常了。

有一天，我们一时大意，它们就偷偷地钻进了林子里。我们找了好久，最终也没能看到它们的身影，它们跑丢了，为此我们很伤心！

原来，是我们杞人忧天了。黄昏时分，小兔儿们一个不落全都按时回到了家里。它们还真是忠诚的守纪律的好伙伴，不曾忘记自己的作息时间。

现在，我已深深地爱上了它们。它们是那样的有趣，给我带来快乐！

小米沙与白额雁

突如其来的灾难吓坏了野鸭们,刚刚还欢聚一堂的它们只能四散逃窜,而求生的本能又使它们几乎都钻到了水中,而跟野鸭身手不同的白额雁只好找了一棵矮树躲着。

致禽鸟保护委员会会长的信

敬爱的禽鸟保护委员会会长：

去年冬天，我在彼得堡的一条街上买回了一只白额雁，卖主是一位猎人，他跟我说："我在距罗蒙诺索夫城很近的芬兰海峡发现了它，当时，它的脚正被渔网缠着，飞不起来……"出于同情和怜爱，我带着这只白额雁回到了台勒斯克市的家中，在这里，雁与我们一家人度过了一个无比温暖的冬天。在那段日子里，我常常会看见儿子给雁喂食，还一边用他的手在白鹅雁的脊背上抚摸着，雁也似乎非常享受这来自人类朋友的关爱，毫不抗拒。

冬去春来，万物复苏，我们的白额雁也在春的讯息中恢复了它野生的本能，拴着它的绳子渐渐成了它极大的束缚，它用爪子去撕扯它，用嘴咬着。每一天，我们都能看见它在狠狠拍打着翅膀。它的所有行为无不昭示着它对于蓝天和自由的渴望。我们陷入了深深的矛盾中，似乎应该放它走了，毕竟大自然才是它真正的家园，但是却很害怕从此失去它的消息，这段时间的相处已经使得我们和它建立了深厚的感情……终于，我想到一个两全之计，不如为雁做一个标记，这样，即便将来它再遇意外，被人捕获，也能够凭借标记让我再寻到它。就这样，雁的脚上被系上了一个编号109环的形编码铝圈，看起来好似一个脚环，它是由在莫斯科的鸟类协会所颁发的。我在脚环上写下了我的具体地址，若是有人捕捉了这只雁，便能写信告诉禽鸟保护委员会，这样，我便能掌握白额雁的所有情况。

信写完了，只见写信人将信装进了写着"莫斯科禽鸟保护委员会"的信封，他来到门口，对着儿子说道："米沙！让我们送大雁回家吧！"

一只白额雁

鸟屋旁的那个小家伙是什么？好像是一只家鹅。噢，不是！没有这么小巧这么漂亮的家鹅。你看，它不仅拥有着光滑透亮的羽毛，还有那匀称的体型，壮实的身板儿，开阔的前胸，以及富有弹性的脖颈，无不显示出它无与伦比的美丽。不长的腿看似是它完美身姿的瑕疵，可那脚踏实地，撑得很开的蹼脚却很好地弥补了这小小的缺陷。瞧！它的额头上还有一块半月形标志呢，好像一轮弯弯的白月亮，原来，它就是那只将要被父子俩放飞的白额母雁。只见它正蹲在地上，脚上还栓着绳子，显然，它非常不满意被这样捆绑着，坚硬的嘴在不停地撕咬绳子。它的听觉很灵敏，一点点声音便会使它停下来，然后无比高傲地昂首伸脖。

这时，米沙父子来了，但还没等他俩靠近它，白额雁便大叫着往上蹦跶，看来它连这对友好的父子俩也充满着防备，由于绳子栓得很紧，这一用力反让大雁来了个极大的反作用力，它不但未能挣脱束缚，反而把头撞在了地上，弄得自己摇摇欲坠。

"米沙，快把它的绳子解开！"趁着大雁自顾不暇的片刻，父亲一把抓住了它的翅膀，朝儿子喊道。但这白额雁似乎一点也没领会到父子俩的好意，还在父亲手中奋力挣扎，这可难为了俩人，父

亲几乎快抓不住这只"拼命三郎",而米沙也费了吃奶力气才解开拴紧的绳锁。

伴随着绳子的落地,父子俩终于松了口气,"再见了,亲爱的白额雁!祝你好运。"父亲深深地望着尚在手中的白额雁,跟它告别。"爸爸,我想再摸摸它美丽的羽毛!"米沙想着只要父亲一松手,白额雁马上就会飞得很高很远,便不由自主地将手伸了过去,可大雁并不友善的态度迫使他立马又将手缩回,白额雁凶狠的叫声提醒他想到了自己腿上的乌青,那就是被它啄伤的!

米沙欲罢不能的行为不禁逗乐了父亲,"小家伙,怕什么呀?瞧,它的脖子还被我拿着呢。"米沙见状也禁不住为自己的胆小感到不好意思,这一小小的细节短暂地冲淡了离愁别绪。

"孩子,该送它走了,在我右边的口袋里有平嘴钳还有脚环,你拿出来吧!"米沙照做后,父亲接着叮嘱:"快打开脚环,套在它的腿上,然后将环的接口处用钳子夹紧,"米沙一一照着爸爸说的做好后,问道:"这样就有用了吗?""当然,我把地址以及门牌号都详细地写在脚环上了,这对我们掌握它的信息很有帮助。"父亲面对儿子的质疑,信心满满地解释道。

可是,米沙却并没有因此打消顾虑,"事情未必能如您所料",儿子怀疑的话语显然在挑战父亲的自信,但他进一步耐心地解答:"不管谁抓住了大雁,都可以通过留在脚环上的地址通知禽鸟保护委员会,为了确保万一,我还给委员会写封信,好方便他们告诉我白额雁的下落,现在,你还有什么不放心的?"

"唉!爸爸,您的意思我都懂,只是,只是天地广阔,谁又知道白额雁下次会落在什么人手上呢？万一被那些居心不良之人逮住，会不会按您想的做，可不好说啊！"米沙坚持说出了自己心中的想法，希望能提醒父亲。

"得啦，我手都酸了！哪里有那么多居心不良的人，快，大雁已经等不及要飞向天空了！"

说话间，父亲已将双臂伸向了天空，并顺势松开手，送白额雁出发了。

但白额雁似乎并没像想象中那样很快消失在他们的视线中，而是扇着翅膀，贴着地面，低低地飞。父子俩正看着入神，猛地见它一用力，瞬间抬高，直接跳过篱笆墙，"贡！贡！"再见它已经是在屋顶之上了。"喔，原来它刚刚还没有习惯恢复自由的身子"，父亲笑着对儿子说。

白额雁越飞越高，就像从跑道奔向天空的飞机，转眼间变成了一个小白点，很快就完全消失在父子俩的视野中。

"米沙，去把信寄了吧。"父亲掏出他写给禽鸟保护协会的信，叫儿子去投寄。现在，不管信还是不信，米沙也只能祈祷白额雁好运了。

重获自由

翱翔在高空中的白额雁自在无比，它终于又找回了久违的搏击长空的快感。此刻的它，不再是那个被拴在米沙父子家只能每天望着天空发呆的可怜虫，地面，以及地面上的一切都被它远远地甩在脚下，连其他鸟儿也无法与它齐飞，陪伴它的，只有风和云。

终于，有一群白嘴鸦出现在了它的视线中，它们是一类黑鸟，在飞行的时侯伸展着翅膀，整体望去，像是凝结在空中的乌云。但是，它们有一种习惯，就是会时而收拢翅膀，像掉落下去一般冲向地面，在眼看就要坠地时又突然飞起，回到同伴队伍中去。但这难得遇见的同行者也很快就不见了。

重获自由的白额雁贪婪地享受着飞翔的愉悦，这一飞就是好几个钟头。"啊！我是属于天空的，我要一直这样飞下去，直到找到我的同伴们，和它们一起回家！"白额雁一边飞着，一边兴奋地大叫。原来，它是一只孤单失群的大雁，曾几何时，跟它一起飞翔的，不仅仅有常伴左右的公白额雁，还有数不清的其他同类白额雁，甚至连像天鹅、野鸭、鹬鸟及许多栖息海滨的鸟儿们都同白额雁一起结成鸟阵，共同飞跃千山万水。

但就在半年前，就在眼前它飞过的这地方，一切都发生了变化。一个猎人捕获了它，并将它关在一片可怕的黑暗中，使得它几乎完全迷失方向。就这样，它被不但失去了同伴，更失去了宝贵的自由。而现在，一切都回来了，好心的米沙父子让它重回自然，它相信自己能够凭借本能找回来时的路，和同伴们团聚。

或许你会奇怪白额雁兴奋地飞了那么久，难道不累吗？答案是，不会！白额雁拥有一项神奇的能力，那就是它不会感到呼吸困难，其他鸟类也不会。所以，即便它看似在做高空翱翔这么费力的运动，事实上却能保持同在地面静坐一般均匀的呼吸。原因是什么呢？原来白额雁的飞行活动并不需要用到骨骼，因为它的肌肉具有动力的作用，能够带动翅膀挤压肺囊，促进肺囊收缩，确保空气交换。所以，我们所看见的白额雁扇动翅膀，却是在为它的肺叶注入新鲜空气，并通过肺叶将氧输给全身。

当然，白额雁也不可能一直不停地飞下去，有一件事情会使得它丧失体力，那就是饥饿。它必须通过觅食来补充能量。此时的白额雁就正处于饥饿状态，它快飞不动了，多想去地面觅食啊，但是它不敢轻易回到地面，因为它是一只离群之鸟，没有同伴放哨，觅食是一项非常危险的举动。"怎么就看不到一只禽鸟呢？我快饿得不行了。"白额雁四下张望，找不到同盟者的它感到很难受。

低空中传来一阵阵悠扬的歌声，白额雁顺势俯瞰，那是一群小百灵在欢唱。同时映入眼帘的还有地面的山川，河流，家禽，以及人类。"人和家畜可不是我的旅伴，我得离它们远点儿"，这样想着，它便尽可能地总沿着树梢飞行。伴着饥饿感的折磨，白额雁依旧不敢停下来，春天的树林可真是百鸟争鸣，五彩斑斓。有梅花雀、交喙鸟、鸫鸟等等。只见它们成群结队，叽叽喳喳地来回飞着，从树枝飞向地面去觅食，当感到有危险时，便在瞬间一只只飞回树上，真是团结就是力量呀！

此情此景亦深深感染着孤单飞行的白额雁，它沉醉在鸟儿们带来的欢乐气氛里，但饥饿又迫使它清醒，当务之急，是要让自己安全地寻到食物。

希望终于来了，白额雁发现了远处黑土地上流淌着一条宽阔的河流，那是一条充满生机的河流，岸边有起舞的水草，而河中还有嬉戏的水鸟……

贝！贝！贝！白额雁试图以声讯来跟那群水鸟沟通，果然，对方也报以极其热情的回应"嘎！嘎！嘎！"，是野鸭，白额雁激动

万分，虽然遇见的不是同类，但野鸭好歹也算得上是远亲，刚刚顺畅的交流就证明了这一点，更为重要的是，野鸭的饮食习惯跟它相同啊！

已被饥饿弄的疲惫不堪的白额雁终于决定降落了，常言道"远亲不如近邻"，而现下这群既是远亲又是近邻的野鸭简直就是上帝专门派来慰藉白额雁的天使，在空中盘旋3圈之后，白额雁缓缓落在了野鸭中间，水花四溅，仿佛跟从四方游聚拢来的野鸭们一同热烈欢迎白额雁的到来。

有野鸭们的帮助，白额雁几乎不费吹灰之力，便获得了食物。现在它还可以放心地钻进水中去觅食，水面上闪闪发光的是它正扑动着的金黄色蹼足，与野鸭们宝蓝色的翅膀交相辉映，好不亮丽！巡视站岗的野鸭们尽职尽责，随时准备发出预警信号，提示同伴们远离危险。这样，白额雁便同其他捕食的鸟儿们欢快地在水中翻着跟头，进进出出，它的嘴也很能干，能很快分辨出能吃的东西，吞下柔软的食物，其余便顺着嘴边淘汰出去了。

就在这样祥和的氛围中，恐惧却在悄然降临，伴随着"嘎"地一声凄厉惨叫，白额雁和其他野鸭们都被惊飞起。原来是一直埋伏在丛林中的大苍鹰，刚才的叫声就是来自一只巡视的野鸭，它已经落入苍鹰的魔爪。

突如其来的灾难吓坏了野鸭们，刚刚还欢聚一堂的它们只能四散逃窜，而求生的本能又使它们几乎都钻到了水中，而跟野鸭身手不同的白额雁只好找了一棵矮树躲着。

小鸭子向天空飞去，忽然斜刺里飞出一只大苍鹰，它快速地朝鸭子撞去。只听见空中传来一声鸭叫，几根鸭毛便飘了下来。

小鸭子就这样被大苍鹰叼走了。白额雁探出头来，看到刚刚那只鸭子已然被老鹰叼到了悬崖上面了，这只老鹰用它的利爪划开野鸭的腹部，将内脏全都叼出来，便开始享用起来了。

接着白额雁有向周围看了看，野鸭群全都躲起来了，它们钻到了矮树下面，许久都不敢从里面出来。

现在，老鹰已经吃完了午餐，它不断地在地上摩擦着自己的钩形嘴，然后又把胸间和翅膀上的羽毛抚平。然后便神气地抬起头来，向四处查看。

这种时常在高空飞行的鹰叫"大隼"，是猛禽中最为勇烈的一类。

这种鹰的体格其实并没有多大，甚至都没有白额雁大，它比乌鸦略大一些。可是，白额雁却不敢看大苍鹰一眼，因为这老鹰的眼睛实在尖锐。

还好白额雁没有冒失地向天空飞去。不然，以白额雁这种体格，老鹰能一眼看出它是一只大雁，到那时候，老鹰的利爪就不是那么容易逃脱的了。

一般，吃饱了的苍鹰是安全的，它只要一进完食，任何鸟儿都能接近它，它只在饥饿时，才会捕杀它们。它与鹤鹰不一样，鹤鹰看见任何小鸟都想把它们杀死，不管是否吃饱，但凡是能打过的一切生物，它都不放过。

慢慢地，野鸭们感觉危险远去了，它们便纷纷从矮树丛里面游了出来。接着，它们完全放松了警惕，似乎得到某种信号一样，猛然全都飞了起来，冲向天空，甚至从从老鹰的头上飞了过去。

大苍鹰懒懒地看着它们远去，随后便跟了过去。

此后的好几天里，大苍鹰一直都跟着野鸭群们飞行，饿了就猎杀一只野鸭享用。如此一来，它一路上都不用考虑没有吃的。

现在，大苍鹰飞累了，不愿意飞了，来到了地面上。抬头看了看飞去的野鸭，它正在记忆它们飞去的方向，以便随后追上它们。

忽然，大苍鹰的眼里闪出一道光来，原来，白额雁暴露了。现在，这只白额雁就只能自认倒霉了，因为一旦被这个冷酷、凶残的捕食者盯上了，就休想摆脱它的利嘴。

突遇险境

夜幕降临了，暖暖的，透亮的。雪也渐渐融化了。四周全部黑漆漆一片，只有天空中零星的几颗星星，若隐若现。星空下，微弱的红色灯光也相继被熄灭，居住在小村子里的人们休息了。

山野中的夜晚寂静极了，甚至能听到流水的声音，那声音轻的仿佛随时都有可能消失。它是从哪流出来的，又流向哪里去？我们都不知道。

黑夜中不能看到野鸭的踪迹，可是却可以听到一阵呼啸的声音，那是它们在空中飞翔时扇动翅膀的声音。它们逐渐接近地面。白额雁响亮的叫声盘旋在小村子的上空。

在村子的一角，居民院中家养的鹅逐渐显得焦躁起来。这些鹅用力地拍打双翅，发出响亮的叫声，响彻在漆黑的夜晚，让人觉得充满了苍凉感。这些鹅透过夜色隐约可以看到那些野鸭的踪迹，它们仍在飞翔，时而可以看到，时而又消失了。才一会，这些隐约的踪迹已经到达了其他村子。

野鸭们在空中飞行着，又来到了第三个村子。白额雁响亮的叫声响彻在它们途径的每个村子上空。每当它们如喇叭声般的叫声传进村子里时，就会在居民们家养的鹅之间引起骚动。

对于这些家养的动物，无拘无束的生活早已不属于它们了。可是那些白额雁的叫声又勾起了它们的回忆，它们开始骚动起来，用力地拍打着双翅，那阵势仿佛一定要飞上天空。

可是，无论怎样用力拍打双翅，也不可能再飞上天空了。现在，无拘无束的生活对它们而言不过是奢望。漆黑的夜晚显得有些寂寥。它们那凄凉的叫声持续了很久，从中可以感受到无可奈何的味道。

无拘无束的白额雁充满信心地挥动起双翼，越过小村子，驰骋在广阔的天空中，它们对自己有飞翔的能力十分欣慰。事实上，迎接它们的将是重重的困难和凶险，还有可能会死去。可是，候鸟迁徙的必经之路就在大海上方那片蔚蓝的天空中，它们需要飞过万里无垠的大海，才能最终到达目的地。漫长的飞行之路上，陪伴在它们身边的是叽叽喳喳的空中旅行者。旅途的那头，是满心想念等着它们相聚的亲人。

当天开始亮起来的时候，这群野鸭到达了树林丛中的一片沼泽地区，这里的雪已经融化了，雪水遍布各处。

沼泽地区光线不太好，静悄悄的，甚至连一丝风都没有。微弱的光由昏暗的水面反射到逐渐变得明亮的天空。一些黑色的云杉树就生长在沼泽周边的地方，郁郁葱葱。云杉树的树枝长的很长，向水面延伸过去，形成了一片宽阔的阴影。

这群野鸭可不会被黑暗难住，即便是在毫无光亮的夜晚，它们也

可以辨别四周的每件东西。如果四周的所有东西都处于静止状态，那么它们就可以安心地继续前进。没有任何不熟悉的事物可以逃过它们的眼睛。倘若入侵者试图完全不被察觉地靠近它们，那是完全不可能的。

森林中死气沉沉的，没有一丝声音，深入的森林当中，长满了郁郁葱葱的植物，光线完全照不进来。在这里，哪怕只有细微的树叶摇动的声音，也逃不过这群时刻保持高度警惕的野鸭。在这个时候，只要有一只野鸭发出轻微的叫声，所有的野鸭便立刻直直地挺起脖子。集中注意力去看，去听四周的情况。不过那细微的树叶摇动的声音没有再次响起，这群野鸭便回到常态，继续觅食。静谧的夜晚，森林中的野鸭一头扎进水里拍打起水花，四周全是啪嚓啪嚓的声音。不过，它们的敌人也生活在这里。这群野鸭们必须赶在被敌人察觉前找到足够的食物。

白额雁并未下水，沿着河岸寻找食物。河岸被四周生长的茂盛的云杉树枝遮蔽住。对于白额雁来说，这里的安全性较高，因为那群野鸭们正游弋在沼泽中，如果有野兽悄悄袭击它们，白额雁就可以立刻逃开。

沼泽底部是水草的最佳生长地，那里遍布条形的水草。没过多久，密密麻麻的水草将白额雁的脚紧紧缠绕起来。白额雁奋力向前游动，但是这时拴在脚上的金属圈勒进肉里，强烈的疼痛感袭来！它产生了错觉，以为自己再次被人类拴了起来。森林中忽然传来了树枝断裂的响声。它停止用脚掌奋力划水，缓缓将身体面向河岸。

在云杉树丛的遮蔽下，远处漆黑一片。就在那里，出现了两只黄色的眼睛，如火光一样亮，目不转睛地盯着白额雁。它想发出叫声呼救，可是由于过于害怕它已经动不了了，连喉咙都在瑟瑟发抖。它的身体哪怕只是移动一点点，藏在树丛中的怪物便会马上扑向它，将它压个粉身碎骨。

面对眼前的危机，拴在脚上的金属圈所造成的痛感已经被忘记了，它手足无措的连逃走都忘记了。这时，离它较近的一只野鸭用翅膀碰它，使它清醒过来。它不再看那双恶狠狠的眼睛，大声鸣叫，张开双翼奋力在水面奔走，发出扑啦啦的声音。这群野鸭在受到惊吓后也飞离了沼泽。

这个时候，狐狸凶狠的叫声回荡在森林深处。在这之后，凶狠的叫声变成了唧唧的尖锐的吼叫，吼叫又变成了呼呼的怒吼声。这个时候，密林中传来了野兽的跑动声，那些树枝被踩断时发出的喀嚓声逐渐变弱，野兽们逐渐跑远了。狐狸们心里明白，这群野鸭在受到惊吓后只会躲在沼泽的中心地带，它们在河岸四周一只也抓不到。

这群野鸭，以及白额雁再次一头扎进水里。它们吃的食物还不够，暂时不想离开这里。

可是，它们也很清楚，周围还有大量危险的野兽，隐藏在黑森森的充满危险的树林中。

忽然之间，一声"咕呜"的鸣叫声响彻森林的上空，那是鹫鹰发出的声音。它来自丛林的最深处，它的叫声预示着灾难即将降临。

在这之前，这群野鸭们还缓缓降落到水面上，其中一些成群地扇动双翅，还有一些从水面飞过。

这时，鹫鹰"咕呜"的叫声在森林的另外一端响起，这群野鸭被危险包围起来。

它们赶忙以最快的速度向天空飞去，在森林的上方展开了一场逃亡大战。

当这群野鸭听到鹫鹰在它们下面发出"咕呜"的叫声时，这种声音已经不足以对它们造成威胁了。

太阳升起来了，住在小村子里的人们开始了一天忙碌的生活。

这群野鸭闲逸地遨游在空中，大约飞行了1个小时。第一缕晨曦将云彩映成了玫瑰色，透过云层散落到地面上的城市中，耀动在远方那一座座五彩缤纷的建筑物顶上。

鹫鹰看着这群野鸭越飞越远，只能无奈地无功而返了，继续待在它们的巢穴里——一座建筑物的圆形的金色房顶下面。

逃离灾难

不过，这个时候苍鹰赶上了那群野鸭。

苍鹰虽体型大，但飞行的速度却快如风，完全不减速地掠过那些才开始一天生活的小村子。当苍鹰出现在村子中，村民养在院中的鹅开始发生混乱，它们发出尖锐的叫声，慌慌张张地向屋棚的地下奔逃。

苍鹰奋力追赶，飞快地掠过了小村子和广阔的田野，以及麦田。当它们飞到一片天空，下面种满了云杉树。一群小鸟也飞到这里，时而向左飞，时而向右飞。它们发现大苍鹰时感到非常恐慌，四处逃窜。为了躲避，它们其中一些向上逃，一些向下逃，还有一些向四周逃。

事实上，苍鹰完全没有将这些身型小巧的鸟放在眼里。它的猎物在前方，那些猎物要大得多。苍鹰加快了飞行的速度。

东方，太阳升起来了，释放出来温暖的光线，照亮了整个大地。就在这个时候，远方的一个镇子出现在苍鹰的视线中。

而这时，白额雁还没有意识到危险正在逼近，它们逐渐减慢了速度，在空中新奇地打量出现在它下方的城镇。

这里的居民还在沉睡中。

整个城镇死气沉沉的。石砌的墙沿展向各个方向，上面附着一层红褐色铁皮。墙的样式千姿百态，有四四方方的，也有倾斜角度的。房屋的大小不一，紧紧地被连起来，中间没有一丝缝隙。窄而长的街道便在这些房屋牢笼的中间，令人不禁联想到干涸的运河河床。一条小河穿过这个城市的中心地带，两边铺满了花岗岩。它的下游分出两条支流，金黄的针叶植物遍布河流两边。

这群野鸭保持着原有的速度缓缓前进，尾随在后面的苍鹰则奋力追赶，渐渐拉近了彼此间的距离。可是这群野鸭和白额雁都没有察觉到后面尾随着充满威胁性的天敌。

太阳散发出灿烂的光亮，照耀着城市中一座金色房顶的宏伟建筑物，显得光彩夺目。白额雁正目不转睛地盯着这座建筑物。

这时，白额雁注意到迎面快速飞来一只鸟，正是从这座建筑物的金黄的圆形屋顶下飞出来的。没过多久，它认出那只鸟就是鹫鹰，那种双翼如镰刀一般的凶猛的鸟类。

这群野鸭间的其中一只大惊失色地发出"嘎嘎"的叫声，向其他野鸭警示危险，所有野鸭一下子全部向上飞行。像闪电一样，鹫鹰飞到和野鸭一样高的空中。这个时候野鸭如果想从鹫鹰的口中逃脱，不仅要在速度上超越鹫鹰，使它追赶不上，还必须在飞的高度

上超越鹫鹰，使它不能攻击到野鸭的背部。

野鸭将所有的力气全部用在飞行上，不发出任何声音，誓死要赢得这场空中之战。这场比赛实在太消耗精力了，虽然只持续了几秒钟，可感觉却像是过了极为漫长的一段时间。不管是哪一方，都开始觉得云层中的氧气已经无法供应呼吸了。

令白额雁感到惶恐的是，它察觉到无论再怎样用尽全力飞行，鹫鹰总是处在利于观察全局的高处，而且它们之间的距离逐渐被缩短了。

白额雁顿时觉得血气上涌，脑袋里全是嗡嗡的声音，心脏剧烈地跳动着。

就在这时，鹫鹰停止了继续向上飞行。稍作停留后，鹫鹰掉转头来，像离弦的箭一样飞到另一边。这群野鸭觉得这是逃生的好机会。所以，趁着这个机会它们用尽全身的力气向前飞行。眨眼之间，鹫鹰的双翼就出现在了白额雁的眼前。恍惚间，白额雁低头透过水面上折射的倒影看到鹫鹰正在向它逼近。可是没过多久，它看到刚刚逼近的两只鹫鹰又不知去向。

白额雁观察了一下前方的情况，眼前的景象令它激动地叫了起来。通红的太阳正从海平面上冉冉升起，释放出无数金色的光芒，大海中卷起的波浪在这光芒的映衬下也变成了闪亮的金色星辰。

前方就是白额雁迁徙之旅中一定要经过的海上通道。

苍鹰在空中注视着混在野鸭当中的飞行的白额雁，便奋力加速。苍鹰专心致志地向前追赶，周围的情况已经全然顾不上了。那如镰刀一般的双翼不停挥动着，它离野鸭群越来越近。它打算再向高处飞一些，以便于它从上方攻击白额雁。

没有一只野鸭注意到后面的情况，它们对尾随的苍鹰全然不知。可是不知出于什么原因，野鸭也逐渐向更高的地方飞去。

苍鹰向下一看，才发现原来还有一只鹫鹰（之前的那一只）正在向它的方向飞来。苍鹰还没弄清楚是怎么回事，恍然间误以为是自己在水中的倒影，那只飞向它的鹫鹰和它的样子非常相似。忽然之间，苍鹰意识到正是因为这只鹫鹰也在追赶着野鸭群，所以它们不停向上飞试图脱离危险。

也在追赶这群野鸭的鹫鹰同时也看到了苍鹰。它不再向上飞了，而是快速在空中画了一个圈，掉转头来飞到苍鹰前方去堵截。这个时候，它们飞到了同样的高度。

从太阳升起时，苍鹰就一直尾随着野鸭群，中途丝毫没有休息的时间。现在，它觉得自己是如此疲惫，不过幸好面前出现的新敌人要比自己小很多。

这只鹫鹰虽然没有苍鹰大，但是它从半路的那个城镇出发开始追赶，经过一夜的休息后身上充满了力量和活力，它决定采取拖延战术，等待苍鹰体力不支自动放弃。它一边"咯哈"地尖叫着，一边猛扑向苍鹰。

在这样带有杀气的尖叫声下，苍鹰感到害怕。于是走为上计，调转方向朝下面飞去。

这只来自城镇的鹫鹰为自己打败苍鹰而欢呼。它全力追逐苍鹰，最终将苍鹰赶出了这片天空。可是，在这段时间里那群野鸭早已飞走了，鹫鹰再次无功而返，无可奈何地继续待在它的巢穴里——那栋建筑物的金黄的圆形屋顶下，它发现白额雁的地方。

繁华的城市当中，人们住在这里，鹫鹰也住在这里。它也像其他的鹰，天性凶狠勇敢，那些掠过城市的鸽子、寒鸦便是它的食物。城市中的居民绝不会想到，就在自己每天生活的地方，就在自己的四周，这样大胆而凶狠的飞禽就住在这里。许多时候，人们会注意到鸽群一瞬间像受了惊吓一样，仓皇地飞过他们面前，可是原因是什么呢？让人们意想不到的是，他们需要抬头仰视天空，需要定睛观察一下鸽群周围的情况，才能发现鸽群是在哪里遭受到了鹫鹰的攻击。

鹫鹰和苍鹰的相遇，机缘巧合地使白额雁逃脱了这场灾难。这时，白额雁已经累得头脑发昏，没有一点力气了。它必须马上飞到城郊的树林中找一个可以休息的地方。但是，在它休息的这段时间中，这群野鸭已经飞到了大海的上空，汇合那些同样踏上了迁徙之旅的候鸟。

米沙的牵挂

一份很大的地图被摊在那里，米沙一边查看这地图，一边用铅笔标出台勃斯克城的位置。他心中挂念着自己放飞的那只白额雁。米沙希望它能够飞的更远一些，飞到它曾经被捕捉起来的地方。地图上台勃斯克到芬兰湾靠左一些就是彼得堡，米沙在那里标记上了一条直线。米沙沉思着，"就是在彼得堡，它被装在篮子中运到这里出售，那篮子密实得什么也看不到。这样的本事信鸽就有，信鸽同样是被这样运来运去的，它们都可以毫无差错地找到正确的航线，返回自己曾经的那个笼子里。大雁是否具备这样的本事呢？"

根据大家的说法，白额雁是候鸟之中生活的地方最靠北部的。

地图上显示出那里湖泊的数量很多,大的湖泊像拉陀什湖和奥涅加湖。一直向前飞,会途经很多面积较小的湖泊,最终到达新地岛的某处。或许,白额雁在新地岛会遇到危险。它该如何应对涅涅茨猎人的枪击,会不会因此而丧命?它是否知道自己的使命是给莫斯科传递大雁的消息?前提是它知道怎样按照脚上拴着的金属圈上的地址到达目的地。"

这时,米沙忽然想起了什么。他大声呼唤父亲:"涅涅茨人是否懂得白额雁脚上拴着的金属圈意味着什么?他们会不会将看到的情形传达给莫斯科?"

父亲走出书房,问到:"你刚刚说了什么?人?金属圈?"

米沙答道:"我的意思是,如果白额雁被居住在新地岛当地的涅涅茨猎人不幸枪杀了,他们会将情况写信传达给莫斯科吗?根据拴在白额雁脚上的金属圈上的地址。"

父亲回应道:"哦,你是指放飞的那只白额雁。如果北方猎人发现了它,他们写信传达情况的可能性还是很高的。因为那个地区的民族都非常渴望学习,并且善于观察。我们的那只白额雁如果到了那里,被当地居民发现,我想用不了多久,这件事情会在当地传播开来,那里负责保护鸟类的机构会派专门的鸟类科学家写信给莫斯科。"

米沙说:"我们考虑的一样。我认为新地岛肯定会写信给我们的,将白额雁的问候带给我们。"

米沙不再盯着地图,而是望着窗外发呆。

突然,米沙大吃一惊,他发现窗外正下着鹅毛大雪,非常大的暴风雪。米沙叹气,"冬天已经到了,我们的白额雁恐怕会被冻死

吧。现在它飞到哪里了呢？它还能回来么？"米沙来到父亲面前，诉说了他的担忧。

父亲安慰道："现在我们一点也不清楚那只白额雁究竟怎么样了。也许，它现在待的地方并没有遭受暴风雪，天气非常晴朗。倘若它确实飞到了有暴风雪的地方，也不能确定每只迁徙的鸟儿都会死在暴风雪中。你不要太过担心，并没有你想的那么严重。"

米沙坚信自己的观点："不是这样的。都怪我们在放飞它之前没有考虑周全，现在还太早了。我们理应再等等，到天气再变暖一些再行动。白额雁习惯了暖和的环境，突然遇到这样冷的天气，它会死的。"

疲惫的旅程

当春季和秋季到来时，候鸟迁徙必经的海上之路就会变得无比热闹。

候鸟们每年都要在这条海上航线上往返。它们有着长长的双翼，挤在一起飞过海洋。太阳照射出的光芒指引着它们，飞越过地球表面的1/4。每年的大部分时间中，北冰洋都阴冷昏暗。而赤道地区则一年四季气候炎热，阳光明媚，鸟语花香。候鸟们的迁徙之旅，就是从北冰洋飞到赤道地区。

当春季刚刚来临时，太阳发出的光芒顺着地球倾斜的角度缓缓向北方的高纬度地区照射，将光明和温暖带到这里，使冰雪渐渐消融，河湖再次开始流动。栖息在大海和海滨的大量候鸟，会在这个时候离开南部欧洲和非洲的栖息地，重返家园。候鸟的队伍非常长，分辨不出队伍的开始和结尾。不同种类的候鸟都会按照它们特有的队形飞行，它们一路向北，途径非洲海岸、比利牛斯半岛、比斯开湾、北海以及巴伦支。

当迁徙之旅进行到这个地方，队伍中的一些鸟逐渐有些跟不上了。它们偏离了迁徙的通道，飞散到四处。周边的湖泊，附近的河流，以及沼泽地区，都有这些候鸟停留下来休息的踪迹。

可是，一些由南方迁徙到北方的候鸟相继从后方赶上来。当飞到芬兰湾凹进大陆的区域时，候鸟的队伍开始向更高的地方飞去，它们的下方就是森林。大大小小的湖泊连接在一起，一个挨着一个，从冰冷的白海到北冰洋沿岸，再到新地岛，它们一路不停地飞着。当抵达目的地后，候鸟们便忙于配对，安家筑巢，繁衍它们的下一代。

夏季在北方延续的时间极为短暂，所以候鸟们必须抓紧时间繁衍和抚育后代。当它们的后代长到可以学习飞行后，候鸟们便再次开始筹备聚集起来向南方迁徙的旅程。当极夜和严寒降临北方，等待它们的除了寒冷，还有饥饿。所以，在太阳的光芒逐渐向南移动时，这些候鸟们必须紧紧跟随在后面。秋季来了，数不清的即将踏上迁徙之旅的候鸟，全部拥挤在这条必经的海上通道上。

迁徙之旅的路途遥远，中间充满艰难险阻，不过在南方等待它们的是取之不尽的食物和舒适的生活。到达之后它们可以补充体力，休养生息。时光飞逝，几个月就这样过去了也浑然不觉。不过这样的安逸并未一直延续下去，一种莫名的恐惧感弥漫突然弥漫在鸟群当中，出于天性，它们开始焦躁不安起来。这里的生活不能再持续下去了。

春季即将降临远在大海另一边的北方故乡，它们该回去了。

就这样，还像飞到南方的时候一样，成群的候鸟保持着原有的顺序，一队队的地飞了。远在大洋彼岸的北方故乡，它们来了。

积聚在芬兰湾的冰块和积雪开始慢慢融化，仅在岩石和浅滩上还剩下一些。灰色的海面上风平浪静，这些残留的冰块显得格外闪耀夺目。迁徙中的候鸟将它们作为暂时的落脚点。

白额雁累极了，它停在一块冰上稍作休息。

白额雁找不到那些和它一起迁徙的野鸭了。这时，野鸭们停留在海滨觅食，但是它还在寻找那些同行者。

白额雁来过这里，上一年的秋季它也是在这个地方脱离了迁徙的队伍。它在这个地方因为被渔网勾住而无法继续飞行，结果被猎人捕获。

在它四周看不到大雁的踪影。

中午，大部分候鸟都停下来休整了，少数迫切需要觅食的候鸟们继续向远处飞行。

很多海鸥在冰块的上空不停地飞着，时而向左，时而向右。它们抬高双翼，朝着海浪冲去。有些时候，它们白色的身影被淹没在水浪中。白额雁稍作休整，然后再次挥动双翼飞向天空。一条银色的小鱼被它噙在嘴里，反射着太阳的光芒。

那些海鸥并未吸引白额雁的目光，它全神贯注地在蓝灰的大海中寻找。这时，它发现一群野鸭正在离冰块不远的地方以及距离相对远一些的海面上觅食。白颊凫是它经常看到的一种鸭类，包括海番鸭（双翅上长有白色条纹）和长尾鸭（身体上带有多种颜色）。

太阳散发的光芒照射在海面上，反射出白铁一样的光。白额雁看到在距它很远的冰块和海岸之间有两个队友，它开始向海面的方向降落，然后游向那两个队友。

海面上不时掀起波浪，白额雁无法观察到前面的情况。

几分钟之后，白额雁终于看清楚了。其中一只已经不在刚刚看到它们的位置上了。它们低着头，快速扎进海水里。在那一刻，白额雁看到其中一只身上长有的白色条纹和尖尖的嘴巴，使白额雁隐约觉得它们应该是大雁。白额雁确认了，它们是阿比鸟，属于一种体型较大的海鸟。

这时，白额雁和海岸之间的距离越来越近了，许多不同种类的鸟汇集在海岸上。淤泥堆满了岸边的小海湾，里面蕴藏着大量的野鸭的食物。

野鸭按照各自的种类分成小群体去寻找食物。时而聚集起来，时而分开行动。体型娇小的小水鸭速度非常快，它徘徊在各个小群体之间，不停纠缠着，可是所有鸭群都不肯接纳这个小家伙。

海岸上还有红颈鸭和长尾鸭。红颈鸭身上的羽毛有多种花纹，头是火一般的红色。长尾鸭的背部全部是像波浪一样的花纹，长着如锥子一般尖尖的长尾巴。海岸上还有途中和白额雁一起迁徙的那群野鸭，一直发出嘎嘎的叫声。海岸上聚集了这么多的野鸭，模样都非常相像，即便是白额雁以前认识的，在这里也不敢保证可以辨认得出。

海岸上的"嘎嘎""呀呀"的声音响成一片，野鸭们一边冲进水中，将海水翻腾起来，激起无数水花。它们必须在短时间内找到足够的食物，补充足够的体力，才能熬过漫长的夜间飞行。五颜六色的羽毛在海面上闪闪发亮，看起来好像许多面闪闪发亮的小镜子。

不同鸭类羽翼上的亮斑会发出不同颜色的光芒。看，紫色光芒来自野鸭，绿色的光芒来自赤颈鸭和小水鸭。这样的景象太美了！最艳丽、最漂亮的还要属公野鸭身上的春装。可是，白额雁对这样的景象毫不在意。它之前寻找的那只公雁不见了，哪里都看不到它的踪迹，白额雁觉得自己很孤单。

白额雁感到饥饿难耐，于是和那些野鸭们冲进水底一起寻找食物。

白额雁太饿了，在水底捕捉了很多食物才填饱肚子。从它被放飞的那一天开始，这是它唯一一次像这样填饱了肚子，赶走了长时间飞行的劳累感。

出发的时间到了，它们要开始继续向目的地飞行了。

候鸟们相继飞上天空，踏上回归北方故乡的旅程。叫声，嘈杂声，挥动翅膀的声音响彻在天空中。

突然，一声响亮的仙鹤叫声从森林的另一端传来，不能确定它的准确位置。应和着远处的声音，大海上空的白颊凫也叫起来，声音响亮，音调不一。应和的还有海鸥的叫声，悠长的好像呻吟一般的声音。

白额雁又充满了信心，决定再次回到海中找寻那群大雁。

夜幕即将降临时，孤零零的白额雁临时停在海中的冰块上休息。当它刚刚停落在冰块上时，它的上方成群结队地飞过了很多候鸟队伍。它紧紧盯着，希望能从中找到同伴，可最终还是没有找到。

太阳渐渐落下了海平面。糟糕的天气来了。大片大片的乌云将天空完全遮住。灰色的雾气附着在海面上，逐渐变浓，海水中的冰块被浓雾吞噬，大雁的全身也湿淋淋的。

远方传来了叫声，像号角一样，就在刚刚鸟群飞来的方向。那是天鹅的声音，在整个天空中回荡。5分钟之后，天鹅缓慢地挥动着厚重的双翼稳稳地滑翔在海水上空，它们的双翼反射出银色的光芒，细长的脖子向前伸着。

天鹅没有再向前方飞行，而是调转方向返回了。看来它们累得再也飞不动了。

白额雁停靠的冰块被天鹅注意到了。它们不紧不慢地在空中划过一个大圈，缓缓地挥动双翼，然后停落到海面上。它们没办法立即停下，因此先浮在水面游行，那动作看起来有些笨拙。它们的脖子抬得很高，显露出傲然又庄严的样子。它们打量着四周海面的情况，然后相继踏上大冰块，尽管冰块和海水相接的地方已经开始融化了。

雾气越来越重，已经完全看不到前方那些迁徙的候鸟的踪影。

尾随天鹅返回的是数不清的野鸭，它们喧闹着飞到大冰块的位置，然后扑扑啦啦地停落在冰块附近。

不久前经过冰块上空的候鸟群也返回了。厚重的雾气使一切看起来都是灰蒙蒙的，它们不能分辨前方的情况，也找不到方向。因此有很多都丧生在前方灰色的礁石上。存活下来的候鸟还能够辨别方向，它们便立刻返回了。

在那些丧生在礁石的候鸟中，也包括白额雁一直在寻找的雁群，可是它对这点还一无所知。它依旧一动不动地站在冰块上，在逐渐变黑的海面上仔细寻找着，竖起耳朵听着，期盼能听到自己同伴的叫声。

飞回来的候鸟们打算留在这里，等到天亮了再起飞。白额雁累了，它也闭着眼睛，头钻在双翅的羽毛里睡着了。

一路向前

　　这一觉睡得好极了。候鸟们隐约的鸣叫声，波浪拍打冰块的水花声萦绕在白额雁的梦乡中。

　　白额雁在睡梦中感觉它不是孤零零的。它感觉自己和雁群在一起，耳边就是同伴们谈论的声音。

　　什么东西撞在了白额雁的肩膀上。它苏醒过来，马上抬起头，睁开眼睛观察四周的情况。可是太黑了，只有浓密的雾气，它看不到任何东西。四周是海浪巨大的拍打声，听不到别的声音。

　　突然，白额雁的胸口又被撞到了，它几乎摔倒。同时，一个熟悉的叫声响起。

　　白额雁大声地叫了一声，仿佛要把全身的力气都用上去。

　　白额雁看不到周围的情况，可它听到四周全部是与自己一样的叫声，是大雁们的叫声。

　　白额雁高兴极了，梦境变成真实的了，它和同伴们在一起了。在白额雁睡着的时候，这群大雁降落在这里。它们是幸存者，透过厚重的雾气成功返回到冰块上。

　　一切都被黑暗笼罩着，刚刚撞到白额雁的就是雁群的领头。它试图用嘴巴赶走白额雁。听到白额雁的叫声后发现这是它的同类，于是就到旁边了。白额雁定睛观察，原来还有很多大雁停在领头雁身后，它急忙走进雁群。

　　一条通道在雁群中打开，当白额雁进入雁群后又合上了。

天亮了，雾气开始变薄。一丝海风徐徐吹过，渐渐地将雾气吹散。雁群仍然停留在大冰块上。

清晨，白额雁觉得自己是所有飞行在迁徙途中最幸福的鸟。

这时的白额雁心里没有任何顾虑了，它欢快地在冰块四周的水面游着，将脖子弯起来，将胸前的羽毛用嘴巴梳理整齐，使自己看起来很漂亮。一只公的白额雁就在它的不远处。它们在一起已经3年时间了，亲密无间，它们无时无刻不在一起，从不分开，直到白额雁被猎人抓走。

白额雁游累了，它离开水面回到冰块上。太阳的光芒洒落在海面上，耀眼夺目。突然，公白额雁发现了拴在白额雁脚上的那个金属圈。

公白额雁觉得这个东西毫无用处，只会让白额雁不舒服。因此它试图用嘴巴把这个东西弄掉。可是金属圈非常坚固，公白额雁怎样都无法弄掉，却弄伤了公白额雁如刀子一般锐利的喙，令它疼痛难忍。

雁群的领头在这个时候发出叫声，命令大家汇集起来。

一瞬间，所有大雁都不再鸣叫，快速地集合起来。第二声叫声从领头雁嘴里发出，它慢慢将双翼张开，用力飞上天空。一边向前飞行，一边整理雁群，形成"人"字队形。领头雁打头阵，挥动双翼匀称有力地拨开两边的空气，老雁尾随在后面，雁群的尾部是小雁。

在抵达海岸的时候，雁群开始提升高度，它们正处于一片森林的上空，雁群一边观察着下面的情况，一边交谈着，很悠闲的样子。

领头雁感觉累了，开始向下飞行，使其他大雁从自己上方飞过

去，然后自己跟在队伍的最后。替代它引领队伍飞行的是另外一只老雁，雁群整体的"人"字形不变。

白额雁飞在整个雁群中间的位置，跟在公雁的身后。这时，它发现了一只大苍鹰，就在森林中一棵树的枯枝上注视着雁群。同样发现的还有领头雁。

白额雁并未因苍鹰的出现而感到害怕。

这个时候，领头雁既没有加速，也没有鸣叫警示其他大雁。森林中的苍鹰不知道如何下手。

在森林的前面，雁群发现了一个小村子。

这时领头雁发出叫声命令雁群向上飞。

小村子中草屋遍布，炊烟袅袅，街上到处是住在这里的人们。白额雁在这些人中看到了去年秋季用网捕捉它的猎人。

雁群的叫声传到了猎人耳中，他抬头去看，却被阳光刺得睁不开眼睛。他用手遮住强光，凝视着逐渐飞远的雁群。猎人发现那些大雁降落了，在小村子前面的旷野中。

飞过村庄后有一片庄稼地。虽然经历了寒冬，不过这片庄稼地还在生长。雁群各自在庄稼地里啄食庄稼苗，最为年长的两只大雁却静静地站在原地护卫，直直地伸长脖子观察周围的情况，一刻也不放松。

白额雁和它的伴侣也在啄食庄稼苗，距离护卫的老雁稍微远一些。这时，"咯咯"的警报声忽然响起来，它们马上停止啄食，保持高度警惕，其他大雁也是一样。它们观察四周，发现并不存在什么危险。刚刚的声响是因为从小村子那边走来了一匹马，它挣断了缰绳跑了出来，脖子上还挂着半截缰绳。不过马对大雁并没有威胁，只要它们身边没有人类。

周围并没有出现人类，白额雁和其他同伴逐渐放松警惕，继续啄食庄稼苗。

这时护卫的两只老雁又发出了更大声的警报，白额雁发现老雁目不转睛地盯着那匹马，它很迷惑，这匹马并没有危险，老雁怎么了？其他的大雁全部集合在一起，围成一团。雁群都盯着那匹正在向它们靠近的马。恐慌感逐渐蔓延到白额雁身上。它觉得怪怪的，为什么这匹马的腿比平常的马要多？它感到惶恐不安。护卫的老雁悄然飞到空中，环绕这只不合常理的动物。只一小会儿，老雁就发现了问题。当它飞到半路时便马上掉头向回飞，并发出叫声命令其他大雁：逃！

所有大雁都慌了，它们一边尖叫一边挥动翅膀，紧紧跟着领头雁开始列队。

猎人从马的身后走出来，追赶着雁群开枪，不过这时接到逃跑警示的雁群已经远远地飞走了。

猎人非常生气，不停地挥打双拳。"我不会让你们就这样逃走的，我让狗去追你们。"他大声喊道。

提心吊胆

天黑了，树林、海边都留下了猎人的踪迹。他携带着长筒猎枪，搭在肩膀上，一只杂交的卷毛狗跟在他的左右。

黑夜中隐隐约约有一些光，他观察四周，发现了沙岸向远方的

海上孤鸿

大海斜斜地伸过去。一片小小的海滩就在距离不远的地方微微地泛着光。海岸附近有一片广阔的芦苇地，那里芦苇很高且干枯。那些芦苇大概是去年长出来的。沙滩上，猎人在前面走，后面尾随着杂毛狗。淤泥的味道弥漫在空气当中。

野鸭们就躲在芦苇丛中，猎人走路的声音令它们大惊失色，慌张地尖叫着，扇动着双翅。猎人的目标可不是它们，他完全不理会这些野鸭。

在倾斜海岸的边缘，猎人不再向前走。他把枪从肩膀上拿下来，把面包袋子从腰上解开，然后用面包口袋垫着枪把它们轻轻放在地上。杂毛狗立刻蹲在一边守护。

猎人用就近找到的木片在旁边的沙子上掘出一个坑，然后把沙子铺在坑的四周。海岸上散落着很多随潮水而来的树枝、木棒和枯叶。猎人把这些东西收集起来，然后堆在一起，用来遮蔽枪，避免在射击时被雁群发现。

猎人把子弹装得满满的，再把枪放在遮蔽物下藏起来，然后吹了个口哨，狗立刻来到他旁边。如果顺着斜斜的沙岸观察，不管多么敏锐的眼睛都不可能察觉到人和狗的存在。

太阳渐渐升起。猎人藏在遮蔽物后，看着海面上的云彩变成金红色、浅红色，最后变成最为艳丽的大红色。几分钟之后，一轮火红的太阳徐徐从海面升起，在朵朵白云的下面闪耀出夺目的光芒。

清晨的风清新宜人，吹动着岸边枯萎的芦苇丛，发出沙沙的响声。海鸥在海面上发出阵阵的怒嚎，成群的候鸟发出鸣叫声起飞了。

猎人的肚子紧挨着遮蔽物，他的视野只集中在前方，此时他不知道在他的后方，也就是树林中正有一只苍鹰向他飞来。大苍鹰挥动着它很尖的双翼，只在空中闪了一下就消失不见了。沙滩上唯一一棵松树的枝叶就是他的藏身处。

猎人在羽毛的掩饰下，静静地等着雁群的到来。

不久之后，在距离海岸相对较远的一块白色冰块上，一大群大雁停落在上面。它们的叫声传到了藏在斜坡上的猎人耳中。狗跑到遮蔽物外面蹲在沙滩上，突然一小块面包从遮蔽物里被丢出来，挨着它的鼻子飞到一边，它赶紧去捡起来。还没等它咽下去，第二块面包飞出来，落在了狗的不远处，它又急忙过去捡。

从远处看，不能发现面包块被扔出来的过程，候鸟们很奇怪，不知道那只狗在沙地上跑来跑去的原因。

其中一只鸟离开冰块，在水中向着海岸的方向游动。它的头跟着狗的跑动扭来扭去。

这时，在海岸上可以看出那只鸟长着灰色的羽毛，尾巴直立，脖子伸得很直。遮蔽物中仍旧不断地向外丢面包块，朝着不同的方向。狗饿极了，它不停地追着面包块跑来跑去。这时，枪从遮蔽物上的一个小口伸出来，可是，鸟还在看那只跑来跑去的狗，想知道这只狗为什么会这样。并未察觉到枪口正朝向它。枪口最终指向了这只鸟的胸部。

猎人看到了远在海面上的白额雁前额有一个白色的半月形，他知道那是一只母的白额雁。因为好奇，这只母的白额雁居然放下了往日的警惕，不断地向岸边的方向游去，远离了雁群和它还在冰上沉睡的伴侣。浑然不知死亡正在向它靠近。

锃亮的枪口一直瞄准母白额雁，这时，耀眼的光照在枪筒上，看起来特别亮。这个亮光没有逃出白额雁的眼睛，它警惕起来。

在恐慌感面前，好奇完全不重要了。它马上调转方向飞回雁群。

猎人失望极了，在遮蔽物后面咒骂起来。白额雁飞得越来越远，渐渐看不到了。第二次，猎物又逃走了。

这时，大苍鹰开始动手了。它冲出自己的藏身所去追白额雁。

只用了几秒钟，白额雁就被大苍鹰赶超，只在顷刻间，背上就受到苍鹰爪子的重击。

白额雁感觉它的身体好像被劈开了。大苍鹰的爪子锐利无比，如同小刀一样把它后背的皮肤割开了。

白额雁觉得后背刺骨的痛，它很害怕。它失去了知觉，翅膀张开着，脖子挺得直直地快速向下掉落。

大苍鹰调转方向，试图用爪子抓住白额雁。突然，一道火光从海岸射出，随着一声振聋发聩的枪声，苍鹰和白额雁四周的空中散落着散弹。大苍鹰奋力飞向高处，随即便无影无踪了。白额雁落到海水里，只剩下一口气。猎人蹚着后面跳出遮蔽物，迅速将鞋袜和裤子脱下来，穿着汗衫跑进大海里。

海水冷极了，猎人的双脚痛得发疼。不过这些已经不重要了，在百步之外的海面上就是那只留着血的白额雁。

猎人看着漂在水面上的白额雁，肩膀上全是血迹。他抓着翅膀将白额雁弄到海岸上，那只浑身脏乱的狗在一旁开心地一直叫着。

狩猎到此为止。枪声吓走了刚刚在冰块上休息的白额雁群，它们在迁徙之旅中继续向前飞行。

受伤

　　猎人非常高兴，对狗喊着："今天的运气真好，我去树林里弄些柴来生一堆火，把这只冻死在海里的大雁烤烤吃了。"

　　猎人重新把鞋袜和裤子穿在身上，准备捡起白额雁放在枪上，狗就在枪的边上。白额雁脚上拴着的金属圈闪出白色的光，吸引了猎人的注意力。

　　猎人观察着脚上的金属圈说："这还是一只做了记号的大雁，上面有号码和字。"

　　猎人思考了一下，感觉不妙："这下糟了，打死的这只大雁是有主人的。如果被其他村民知道了，肯定会向外宣扬。大雁的主人听说了肯定要来让我们赔。怎么办呢？对，把这个金属圈拿下来丢到海里去，没有金属圈主人就不会认出这就是他养的大雁了。这样它就会变成野雁，和我去年秋季用渔网抓的一样，还能拿到彼得堡卖不少钱。"

　　猎人考虑了一会决定了："这次不能卖了，就把它烤烤吃了，一了百了。"猎人抓起白额雁和枪、口袋丢在一起，交代狗好好看守大雁。然后准备出去。走时还对狗补充道："你可别打歪主意偷吃啊！"

　　狗一如往常的守在猎物边。

　　面包就在旁边的口袋里，发出阵阵香味。它看着大雁也很想吃。但是主人交代了它不能动这些东西。只好等主人回来再说。主人会分给它东西吃的，今天主人尤其开心，肯定会分给它东西吃的。狗满怀期盼地等着。它想象着美味的东西，好像有香味飘过来，它闭

着眼睛幻想着。这时，旁边的东西微微的有响动，它赶忙睁开眼，不禁吓呆了。它看到刚刚在它三步远的地方一动不动的白额雁又活了。

狗和白额雁互相看着对方，都没有发出任何声音。然后，狗鼓足勇气扑向白额雁。白额雁为了不让狗接近它，伸出翅膀把它扇到了一边，这一下正好打在狗鼻子上。

狗完全没预料到，这一下把狗打的疼晕了。不过，白额雁过于用力，导致自己没站稳侧翻在地上，它马上又站起来，迅速钻到水里。

苍鹰锋利的爪子划伤了它的皮肤，可是没有生命危险。由于失血过多，它身体无力起飞，也没办法钻到水里，所以只能在猎人来捕捉它的时候假装已经死了，这是最好的方法了。当大雁面临险境又没有其他方法，为了救自己，装死被它们经常使用。

猎人也被白额雁骗了。猎人认为既然大雁死了便不用去看管了。白额雁在沙滩上得到了一些休息的时间，恢复体力。

白额雁扇晕了狗，也救了自己，使自己重获自由。它来到岸边，钻进海水中，不一会就在水草间消失的无影无踪。猎人回来了，捡了很多干柴。他走到遮蔽物的位置，却看到狗躺在地上。他以为狗睡着了，就在它身上踢了一脚。

狗勉强站起身，可是却没法保持平稳，一摇一晃的。它向主人发出幽怨的吠声。

猎人不解："发生什么事了？你发什么疯？"

猎人瞟了一眼东西，看到原本和枪在一起的大雁没了。他在四周都没看到大雁的踪影。

他生气地对狗吼到："大雁呢？"

可是狗只是呻吟着，可怜地摇着尾巴。

猎人喊道："小畜生，你有什么好装可怜的？"

猎人虽然嘴上对狗怒喊，但是心里也感觉很害怕，仿佛身上有千万只蚂蚁在爬。忽然，他想出了很多莫名其妙的可能性，"这只大雁脚上还有金属圈，它肯定不同寻常。转眼间就不见了，狗几乎被打死了……"

猎人赶忙向森林走去，带着枪和口袋，狗一步不离地尾随在后面，紧紧夹着自己的尾巴。

这时，白额雁就藏在水草里，它看见猎人向森林方向走了。一阵大雁的鸣叫声响彻在海上，白额雁知道那是它的公白额雁伴侣。

公白额雁的声音逐渐靠近，白额雁试图张开翅膀朝着声音大的方向飞过去。可是它没有力气，没办法飞向天空。听着它熟悉的声音，只感到难过和绝望。它已经用尽了身上所有的力气，无奈之下，它只能用呻吟声传达自己难过和绝望的情绪。

远处的公白额雁不停鸣叫着，叫声回荡在斜斜的沙岸上。不久，公白额雁来到了沙岸的上空。它的伴侣不见了，它要找到白额雁，于是选择了留下。

公白额雁继续叫着，声音越来越大，可是却得不到白额雁的回应。

公白额雁绕着芦苇丛的上空转了一个大圈，声嘶力竭地叫着。

可是仍旧没有听到白额雁的声音。

于是，它找了个落脚点停了下来。它不想独自去追赶雁群了，它决定先要寻找到自己伴侣的下落。

比翼双飞

　　时光流逝，许许多多的候鸟踏上了迁徙的航线。大苍鹰也朝着北方前进了。它在这条迁徙之路上可以从数不清的候鸟中捕杀食物，挨饿的情况是绝不会发生的。

　　白额雁之前所在的雁群已经飞到了北方，不过白额雁和它的伴侣已经不在这个队伍中了。

　　遍布芦苇丛的沙滩成了它们的栖息地。仅存的冰块随着海水漂远了，最后彻底消融。翠绿的小草遍布海岸，连这里的雾气也是翠绿色的，轻轻地覆盖在这里的树木上。

　　许多候鸟都会到小海湾休息，如同是候鸟迁飞之路上的旅馆，充满热情和趣味。当候鸟们飞累了，便停在这里寻找食物，恢复体力。

　　不过，如今这里的旅客变成了鹬鸟，这些嘴巴和脚都很长的鸟类将候鸟取而代之。它们在海滩上排成一排。在旅途中，它们总是飞行一段路就稍作休息。小海湾既可以供它们觅食，又非常安全。这里堪称是最完美的临时落脚点。不过，由于自身的因素，它们也不会逗留太长时间。

　　大海上有一种体型较大的鸟——白尾鹰。一到清晨，它们就会从森林来到这里。挥动翅膀不是它们的强项，他们喜欢从容地滑行，向一望无垠的大海飞去。

　　白尾鹰以在海上捕捉体型较大的鱼为生，一般情况下不会攻击其他鸟类。

不过海鸟们都很清楚，如果白尾鹰在清晨没有捉到鱼类充饥，那么这时它就会攻击途经的鸟类，不管是什么鸟。所以其他鸟类远远的看到白尾鹰，就会马上飞到一边。白尾鹰在海中捕捉到鱼后便会返回森林，将捉到的鱼或鸟送回巢中，母白尾鹰正在那里孵化鸟蛋。然后它们再飞回去接着捉鱼。

白尾鹰每天都一次又一次地来来回回在这条路线上。每当它回到海滩的时候，鹬鸟群便马上离开。

除了白尾鹰之外，还有一种灰色的大鸟使鹬鸟们不能悠然地在海滩边觅食。它总是在不设防的情况下，从芦苇丛中钻出来。当它出现时就立刻钻进水里，向海岸的方向游去。

起初，鹫鹰把嘴巴长长的鹬鸟吓得惊慌失措，跟跟跄跄地飞离泥潭，同时发出恐慌的尖叫声。可是，没过多久它们意识到，刚刚吓到它们的是两只白额雁——它们绝不会攻击其他鸟类。这样，它们安心了，重新回到芦苇丛中欢乐地奔走，不过因为腿很短，因此跑的时候身体一直在左摇右摆的。

公的白额雁自知它的模样看起来有些吓人。它为了寻找更多好吃的东西才来到这里，平时它都待在海滩的水潭中。

公白额雁先在这里填饱肚子，然后返回芦苇丛。白额雁就在芦苇丛中养伤，等着公白额雁回来。就在白额雁为了逃生藏进芦苇丛的当天，夜幕快要降临的时候，公白额雁发现了它的踪迹，之后就在左右陪伴着它，再也不到遥远的地方去了。

大雁很容易被发现，藏在芦苇丛中也很有可能被敌人发现，可是因为白额雁受伤了，它的一只翅膀受到苍鹰利爪的袭击，现在无

法飞行,也没有足够的力气。所以,即便在芦苇丛中容易被苍鹰发现,公白额雁也愿意为了它冒风险。

一天,白额雁打算离开芦苇丛,亲自到海滩边去吃些青草,公白额雁会在左右保护着它。

今天到这里觅食的鹬鸟格外多。附近的泥土上留下的十字形和细树枝一般的印记,数也数不清,那就是出自鹬鸟细且长的脚趾。

种类多样的鸟类都停在那片狭窄的水草间觅食。

麻鹬长得非常高大,嘴巴如同镰刀一般,走路的样子很像踩高跷。它们颐指气使地在岸边的草地上来回走动。黄鸻的速度非常快,脖子上长着黑色的像领带一样的条纹,它们在岸边金黄的沙滩上四处奔跑,可是很少有其他鸟类发现他们。蛎鹬长着红色的嘴巴,红色的脚,身上则有多种颜色,它们正蹲着休息。小鹬的身体非常灵活,滨鹬鸟腹部是黑色的,它们待在泥土轻薄且松软的地方,正忙着用嘴巴从泥土里将食物啄出来,它来回跳动着,有时候连带着前额都插进土里了。

白额雁只在那待了一会,吃了足够的食物之后,公白额雁便发出轻轻的叫声,示意它离开这里。白额雁便尾随着公白额雁一起向树林飞去,没过多久,它们就消失在海岸线。

浩浩荡荡的迁徙之旅即将结束。

到海滩觅食的鹬鸟也逐渐减少,再往后便完全没有了。

秧鸡成为最后把这里作为休息地的鸟类。它们对飞行不感兴趣,翅膀也对它们来说可有可无,那只会增加它们在空中受到袭击的可能。快速奔跑和机敏隐藏是它们的强项。秧鸡的两只脚是扁平的,长在身体的两侧，斜斜地伸向后方。如果秧鸡在草茎中间穿行，更有利于它们行动自如，不用担心草茎会挂住它们。它们的大小和鹌鹑差不多。

非洲是秧鸡度过寒冬的栖息地，从非洲到芬兰湾的路途遥远，需要耗费很长时间。但是它们出发的时间比较晚，和它们在相同的地方度过寒冬的还有野鸭、大雁和鹬鸟，即便是看着这些鸟类相继出发，它们仍然不紧不慢。最后，当鹬鸟踏上迁徙之旅后，等到夜幕慢慢降临，秧鸡这才准备启程。它们是走着，而不是飞着。到这个时候，故乡的草地上才渐渐萌发出新芽，慢慢长高。它们的旅途中才有藏身之所，不至于完全暴露在敌人敏锐的视线中。

几天之后，秧鸡来到了直布罗陀海峡。这里的海域挡住了它的去路。可是秧鸡并不把这点问题放在眼里，它是天生的旅行者。当夜幕降临后，秧鸡以最快的速度飞过这片水域，飞到海峡对岸后慢慢降落到地面，然后仍旧步行前进。

在迁徙的过程中，秧鸡的通道是它独有的，这是唯有它们知道的直通故乡的通道。

通过海上的迁徙路线回到故乡的有野鸭、天鹅、大雁、海鸥、潜水鸟，它们都比秧鸡先抵达目的地。鹬鸟则是例外，它们只沿着海岸的上空前行。

秧鸡步行的速度很快，如果不是没有其他办法了，它们绝不使用翅膀飞行。当太阳升起时，它们在落脚点寻找食物，当夜幕降临，它们隐藏在草丛和灌木林中向前奔跑。这样的迁徙方法被秧鸡看作是危险性最小的。不过在5月即将结束的时候，它们才到达那个小

海湾，也就是之前白额雁躲避危险的芦苇丛所在的地方。

秧鸡到达了一个小村子，离那个猎人生活的地方不远，就是先后两次捕捉白额雁的猎人。秋播地是秧鸡们的目标，那里的小麦相对长的较高，秧鸡可以躲在那里面歇歇脚。

出乎意料，它们来到了一片麦田，可是那两只白额雁已经把这里的麦苗啄食得差不多了，这里变成了一片空地。秧鸡们看到那两只白额雁即将返回草丛，打算夜里就在那里休息。过了几分钟，那对白额雁飞离麦田，朝着北方的天空飞去。

它们就是之前的那对白额雁伴侣。它们离开小海湾后，在这个地方休整了几天。

庄家的食物在5月已经长得非常好，没过多长时间，白额雁背上的伤口逐渐愈合，体力逐渐恢复到以前的样子。

形影相随的一对白额雁，此刻开始踏上回乡的旅途。

尾声

米沙放飞白额雁已经有半年时间了。当他看到白色的雪花铺满了比台勃斯克城的大街，他不禁回忆起那只白额雁。恍惚间，白额雁亮白的前额，闪闪发亮的双目，像士兵一样时刻挺立的姿态好像就在他眼前。米沙很疑惑，他不知道白额雁是否回到了故乡。

这时，米沙听到门铃的声音，他父亲走出房间去开门。没过多久，他喊儿子进来。

父亲将刚刚拿到的信交给米沙："读读上面写了什么。"米沙从信封中拿出折起来的信，打开之后开始读：

鸟类保护协会：

你好。我们发现了一只白额雁，它脚上带有丙类109号金属圈。我想，它是你们一直在挂念的白额雁。那么，让我们把这个令人喜悦的消息传达给你们。

位于白海东岸，有一位乡村教师，他生活在普里勃莱村，和阿尔亨格尔斯克城相距50公里，他非常兴奋地告诉我们这样的一件事。

今年夏天的时候，他出外到海边狩猎，随行的还有他的狗。走到草丛的时候，突然，狗的面前飞过一只秧鸡。

这么奇怪的鸟类他还是第一次见到。秧鸡一看到狗就飞上天空逃走了，没过多久就又落下来。他放开狗，秧鸡被狗追赶的时候依旧习惯性地步行奔跑。

过了很久，狗依然没有追到秧鸡，沿着秧鸡留下的踪迹，他到达了一处悬崖，紧邻着海岸。突然，出现了一只大苍鹰袭击狗，这个时候秧鸡趁机逃走了。

苍鹰袭击狗的景象让他非常惊讶，他抬起头时，看到苍鹰的巢穴就坐落在悬崖上，距地面大概有4米。他担心这只危险的苍鹰过来袭击他，用锋利的爪子抓他，因此没有接近苍鹰的巢穴。当他准备转身离开时，猛地向下看到一只白额雁窝在自己的巢穴中。他快速脱掉上衣盖在白额雁的头上。

这里实在太危险了，他用手抓住白额雁，然后带着它一起走了。

之后，教师看到白额雁的脚上拴着一个金属圈，这就是你们为它拴上的。他将上面的号码记录下来，然后将白额雁放飞了。

从此之后，他开始远远地关注白额雁的一举一动，现在小白额雁已经被孵化出来了。这期间，那个挨着沼泽的悬崖下的巢穴一直是白额雁的家。

在筑巢时，白额雁经常在苍鹰不远的地方，科学考察队员们也多次注意到这一点。苍鹰的威力对白额雁来说是一种保护，这样它可以不必担心遭到其他飞禽的袭击。

到目前为止，科学工作者还无法解答，小白额雁刚刚被孵化出来的时候，是如何在威力强大的猛禽周围安然无恙地成长的？

总之，今年，你们放飞的白额雁已经成功孵化出小白额雁，或许它不会被别人抓起来的，后面发生的情况，还望有关人员可以传达给我们。

祝福主席！

1932年10月22日

我的小"补丁"

每次有补丁陪伴的时候,她都会表现得特别勇敢。补丁和主人也总是形影不离,每天都送主人去学校。丹妮在教室里读书,补丁就在花园里玩耍。

初次见面

夕阳西下,丹妮坐在门前的台阶上,呆呆地望着夕阳,渐渐地沉没在冰封的湖面上。

突然,一位老师出现在了她家门口,跑在前头的是一只小怪狗。

从哪儿冒出的小狗呀?丹妮之前从未见过这样的小狗:矮个头,耳朵耷拉着,没有尾巴,一身白色,惟独背上留有黑点,更奇怪的是,还有一只补丁似的黑眼睛。

小狗看见丹妮后,飞快地跑过去,蹲在了她的面前,还抬起一只爪子,似乎在说:"你好呀!认识你很高兴!"

老师走到她跟前,笑着说:"看来,你还真是认出主人来了呀!小丹妮,从今往后,你就是它的主人啦!这只狗是我从你城里的舅舅彼得家带来的,原产西班牙,这里还有一封给你妈妈的信。"

很快,妈妈从屋子里走了出来,和老师寒暄了几句,就拆开信来看。

"亲爱的姐姐:"舅舅在信中写道,"我想把狗暂时寄养在你那儿,请一定要收留它。我在城里很难去照顾它,你是知道的。我在楼上住,而且经常在工厂上班,根本没有时间陪它出去散步。这只狗特别可爱,聪明而又听话,把它放到你那里,让它和丹妮作伴,它学会了很多本事呢。到了夏天,我会到你那去,带着它去林子里打猎。我想成为一个猎人,这只狗就是我专门为打猎准备的。猎枪我也准备好啦!到那时所有的猎物,都归姐姐您!"

"结果还不知道呢,"妈妈笑着说,"就说猎物全归我,真是奇怪!"妈妈朝狗看了一眼,就说道:"宝贝,你怎么这么丑啊,居然连尾巴都没有!"

村里的小孩知道了,都跑来凑热闹,嘲笑道:"补丁!补丁!真是一只补丁狗!"

而隔壁家的科里和托里也老在挖苦丹妮和小狗:

"小小丹妮大傻瓜,

带着小丑乱溜达;

耳朵长来尾巴缺,

补丁眼睛真可怕。"

丹妮很喜欢小狗,不想让它受到伤害。

鞋 子

一天早上,丹妮早早地爬起来,准备去上学。结果却发现一只鞋子不见了,怎么也找不到。

于是,丹妮就把小狗补丁唤来,说:"补丁,帮我找鞋子去,懂吗?快去!"

小补丁似乎在沉思什么,耳朵一只翘着,一只耷拉着。

"它懂我的意思!"丹妮开心地说,"瞧,妈妈,补丁准能把鞋子找到的!"

不一会儿，补丁果然叼来了一只破靴子！

"大笨蛋，"丹妮没好气地说，"你听着，我要的是鞋子，懂吗？是鞋子，不是靴子！再去找！"

小布丁又钻进了屋子里。很快，就从储藏室里叼出了一只死老鼠！

"脏死人啦！"丹妮都快被气哭了，老鼠也会穿鞋子么？你这个没良心的！"

妈妈看到了，笑着说："傻孩子，这怎么能怪小狗呢？它又不认识鞋子，怎么能找得到呢？狗通常都是用鼻子来认识事物的，你把鞋子给它闻闻，说不定它就懂了呢！"

听妈妈这么一说，丹妮觉得很有道理，就把另一只鞋子给补丁闻了一下，这次它很顺利地就从床底找到了鞋子。

"真是机灵的小狗狗。"丹妮开心地说着，穿好鞋子，背上书包，就匆忙地上学去了。

潜水健将

春天，阳光和煦，冰雪消融，湖水青青，碧波荡漾。

丹妮第一次带着补丁来到了湖边。补丁一看到湖水，就一头扎了进去。

丹妮担心地叫喊道："你简直不要命了，水这么冰凉，你会生病的！"补丁却若无其事地在水里嬉戏着，游来游去。

隔壁家的科里和托里也来到了湖边。

科里看到补丁在水里游，就捡起一块石头，向它扔去，还大声叫道：

"补丁，注意啦，把它接住！"

石头沉入水里，就溅起了一阵水花。这时，补丁也应声潜入了水里。

丹妮大叫了起来："补丁会被淹死的！"

不一会儿，补丁就露出了水面，嘴里还叼着一块石头。它上了岸，就把战利品递给了主人。可是小狗的嘴巴却流血了。

邻居小孩都夸补丁，说：

"补丁，还真厉害，真不愧为出色的潜水员啊！"

丹妮不愿搭理这两个坏男孩，于是就带着小狗回家去了。

狗的猎物

夏天，彼得舅舅来到了乡下。

一到家。他就迫不及待地问："西班牙狗如何，还可以吧？"

"确实挺好，很机灵，又很听话！"妈妈和丹妮齐声回答道。

"更精彩的还在后头呢，我准备了一把双筒枪，明天带它去打猎，它最擅长捕猎野鸭了。"

第二天早上，老师来到了丹妮家。他和彼得舅舅约好一起外出打猎。这次，小丹妮也跟着去了，可以帮忙拿猎物。

他们向湖边进发，补丁在前头带路，彼得和老师紧随其后，丹妮走在最后头。

走着，走着，突然从芦苇丛里窜出了一只野鸭。

彼得舅舅和老师见状，匆忙开了枪，而野鸭却躲进了林子里。

彼得舅舅见野鸭逃走了，自言自语道：

"这只小潜鸟，个头太小，脾气又古怪，是很难打中它的。"

枪声一响，补丁就钻进了芦苇丛，没找到被打伤的野鸭，就又钻了出来。

他们把子弹装上，继续向前走去，这时老师走在了前头。

不一会儿，从芦苇丛中又窜出了一只野鸭，是一只大个的绿头鸭！

老师和彼得舅舅都开了枪。

野鸭越飞越快，很快就销声匿迹了。

老师咳嗽了几声，似乎有些不好意思了。

彼得舅舅没有说话，而补丁也没有钻到芦苇丛里去。

他们又继续向前走去。

后来，从芦苇丛里飞出了很多野鸭，但他们都没能打到。为此，我们总在找借口，丹妮就在旁边发笑，她也为野鸭的侥幸逃脱而感到庆幸。

他们走累了，就找地方停下来休息。

丹妮到湖边洗澡去了。而补丁又钻进了芦苇丛。

丹妮刚洗完澡，补丁就叼着一只鸭子，来到了丹妮跟前。

丹妮看到，这是一只大野鸭，还活着，只是翅膀受伤了，失去了飞行能力。这是补丁捉到的猎物。

丹妮很开心，就把野鸭拿给舅舅看，这时补丁又叼来了一只野鸭。

猎人们都很吃惊，不敢相信自己的眼睛。不一会功夫，补丁就抓来了6只野鸭。

"哎，我们在狗面前真是惭愧啊！"彼得舅舅说，"打了半天，1只也没猎到，午餐都没得吃。人家补丁去游泳，就能轻松地捉到6只野鸭，拿来做午餐。而且没开一枪，真是厉害！"

丹妮急着说道："它们不能当午餐，我不允许你们杀它们！这都是补丁捉到的猎物，是它送给我的礼物，我要好好照顾它们。"

老师和舅舅也没有办法，因为鸭子是丹妮的。于是，他们带着野鸭回到了村里，面村民们都笑话这两个猎人："你们的猎枪，怎么连一只鸟儿都打不到啊！"

猎人们也自我解嘲道："看样子，打猎不是我们干的事，还是把猎枪卖了吧，让补丁去当猎人好了，它一定会比我们做得更好。"

后来，丹妮把6只小鸭都养大了。

秋天来临，野鸭群都迁往过冬地了，而这6只小鸭却只能在鸡笼里过冬了。因为它们的翅膀受伤了，不能飞行。丹妮每天都很悉心地照料着它们，它们也很乐意依偎在善良的女孩身边。一听到女孩"呱呱"的叫唤声，它们就会疯狂地向她奔去，一瘸一拐的，有趣极了。

迷路

新年就要到了。

同学们都在为辞旧迎新忙碌着，他们布置会场，装扮教室，一

直忙到很晚才回家。

在学校周边居住的学生自然不用担心什么，不过丹妮和她的邻居科里、托里住得却很远，至少要步行3公里才能到家。途中会遇到森林和田野，而且森林里黑乎乎的一片，还下着小雨。

邻居小孩说："我们还是等马车来吧，别自己走了，天这么黑，太可怕的。"

而丹妮听了，却不以为然。每次有补丁陪伴的时候，她都会表现得特别勇敢。补丁和主人也总是形影不离，每天都送主人去学校。丹妮在教室里读书，补丁就在花园里玩耍。

丹妮对男孩说："你们胆子可真小，就让我的补丁在前头带路，我们跟在后头吧。它鼻子特别尖，是不会把我们带丢的。"

男孩们最终还是同意了。

他们来到森林，四下里漆黑一片，也摸不着路。补丁跑在前头，可以看得很清晰，因为它的背很白，在夜色里若隐若现。

孩子们就这样摸黑走着，也不清楚脚下是什么样的路。突然，从天上落下了雪花，今年的初雪来到了，大雪将林子都掩埋了。

只听"哗啦"一声，一只白兔窜到了小路上。一眨眼的工夫，补丁就不见了，它去捉小白兔了。

孩子们没有停下来，继续走着，结果来到了灌木丛边。路彻底不见了……

他们又向前走了一段，却发现又回到了原来的地方。右边没路了，左边的林子渐渐变小，可以看到树，却没有路。

这时，他们才意识到自己迷路了。

孩子们都害怕地哭了起来。

丹妮心里最难受了，因为走过森林是她的主意，要不然现在早就坐上马车回家了。而此刻即使有人来了，也很难找到他们了，这一切都要怪丹妮。

无助

丹妮告诉男孩最好呆在云杉树下，因为它们长得壮实，即使在黑夜也能很容易被看到。

而男孩却哭着说："这次，我们算是没得救了，准会死在这寒冷的冬夜里的，熊和野狼会把我们叼去作晚餐的。"

"小声点，别这么害怕，这里已经100多年都没有熊和狼了。"丹妮不停地安慰他们。

丹妮突然想到妈妈白天说过的话，最近林子里来了一只熊，把一头小牛给咬死了，就一下胆怯起来。她想把补丁叫来，可又不敢张口，万一被熊听到了，那可就糟了。

孩子们都不说话了，不过还在哽咽着。突然，一阵簌簌声从林子里传了过来，越来越近，跟巫婆的脚步声似的。

男孩们没有发觉什么，还在哽咽着，可丹妮却很清晰地听到了那怪异的声音，吓得都屏住了呼吸。如果补丁陪伴在身边该多好呀，它用鼻子就能知道那声音是什么。

寻 找

与此同时，村子里的人已经开始寻找丹妮他们了，天色已晚，又下着雪，可孩子们还没有从学校里回来。

天，越来越黑；雪，越下越大。可孩子们放学后一直没有回来，村民们开始担心了，纷纷走出家门去寻找。

村民们和丹妮的妈妈赶着马车，向学校奔去，他们以为孩子们应该还在学校！

马车来到森林，发出咚咚的声响，在沉沉的暮色里清晰地看到：路，全被掩埋了。

不一会儿，他们就到了学校，可那里早已关门。他们从看门人那里了解到，孩子们黄昏时就离开了学校。

"我想他们准是迷路了，在林子里会被冻死的。"妈妈很害怕。

于是，她催马向林子里狂奔而去——

获救——补丁的功勋

丹妮被这可怕的声音吓得几乎快晕过去了。

怪异的脚步声时而走近，时而又远去，最终彻底消失了。这时，丹妮内心的恐慌才得到缓解。

突然，丹妮感觉到手触到了一种冰凉的东西，定神一看是狗鼻子，开心地大叫起来："是补丁，补丁回来了。瞬间，丹妮的胆量又大了起来。

"伙伴们，我们可以回家了，补丁准会把我们带出林子的。"丹妮自信地对男孩们说。

果真如此，补丁带着他们走出了林子，来到了明亮的田野中，这时雪也停了。

补丁在田野上奔跑着，背上的黑补丁清晰可见。她们经过田野，不一会儿就回到了家里。

鸭子们知道丹妮回来了，就嘎嘎地叫起来，好像在欢迎似的。突然，奇异的脚步声又传了过来。

原来，是丹妮妈妈赶着马车回来了。

"你还好么，我的孩子？"丹妮妈妈担心地问道。

"我很好，妈妈，是补丁带我和伙伴们回来的。"

第二天，这事就在村子里传开了。孩子们都向补丁竖起了大拇指。这只看起来毫不起眼又很丑陋的小狗，居然救了自己的主人，真是了不起呀！

动物的世界里

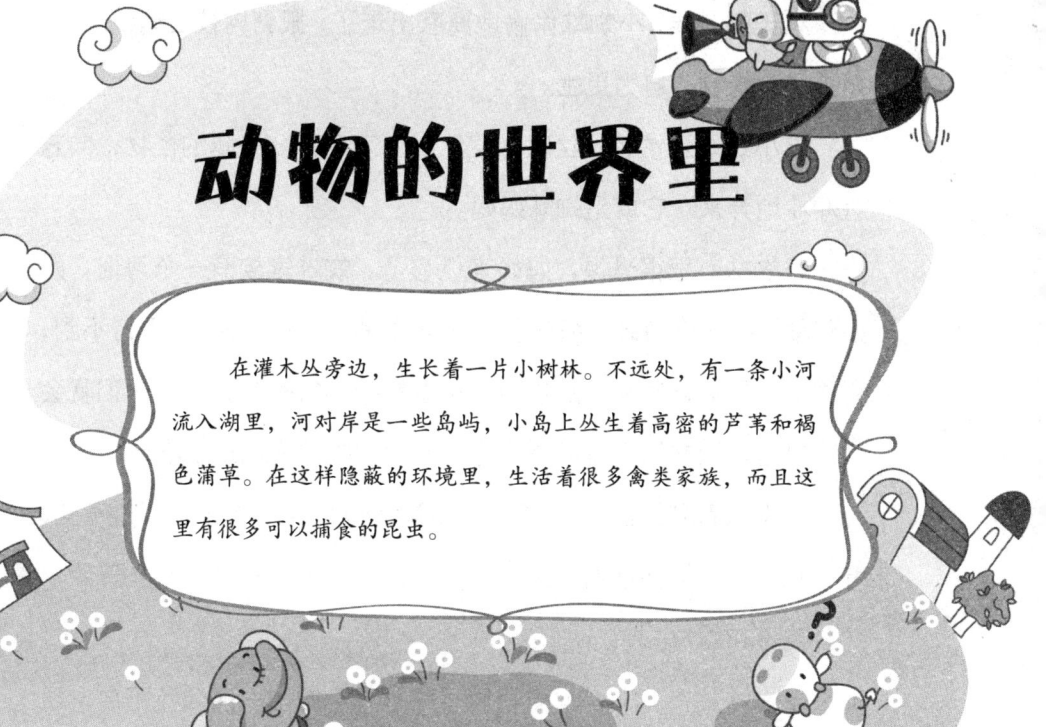

在灌木丛旁边，生长着一片小树林。不远处，有一条小河流入湖里，河对岸是一些岛屿，小岛上丛生着高密的芦苇和褐色蒲草。在这样隐蔽的环境里，生活着很多禽类家族，而且这里有很多可以捕食的昆虫。

技艺高超的"驾驶员"

在我们的森林里生活着一只小蜘蛛,它不但有众多的兄弟姐妹,还有一个恐怖的蜘蛛妈妈。

秋天的时候,小蜘蛛偷偷地离家出走了,搬到树枝上编织丝网,用来捕食猎物,自力更生。

在小蜘蛛正忙着吐丝时,突然冒出来一个8条腿的怪物,向它气冲冲地奔来!它就是蜘蛛妈妈。

小蜘蛛心里很恐惧,妈妈来抓它了。蜘蛛家族有一个习俗,妈妈们都会有一个口袋,把孩子放到里面保护,风吹不到,雨打不到,更重要的是能躲避敌人的攻击。可是等到小蜘蛛长大了,它们就会离家出走,蜘蛛妈妈自然是不能容忍的,就把它们捉来吃掉!

小蜘蛛看到妈妈来了,吓得拔腿就跑。它匆匆忙忙地穿过草茎、叶子和花儿,最终逃到了蒲公英上。这时,秋高气爽,阳光普照,蒲公英正在绽放。

小蜘蛛站在花上,仰面朝天,缩起8条腿……蒲公英下面,已经围了一群蚂蚁和小虫子,甲虫也赶来了,大伙都来凑热闹,想瞧瞧小蜘蛛该如何脱身?

蜘蛛妈妈渐渐逼近了……

小蜘蛛一个劲地吐丝,丝的一头挂在蒲公英的茎上。这时,小蜘蛛向茎上爬去,还在不停地吐丝,很快就织出了一个丝环。

蜘蛛妈妈来了,渐渐地向茎上爬去。小蜘蛛怎么向妈妈那边爬去了呀，一定会被吃掉的？

小蜘蛛刚到妈妈身边，就一口把蛛丝给咬断了。风吹来了，小蜘蛛就在蛛丝上，随风飘了起来。蜘蛛妈妈身子重，所以不能这样。无奈，只好爬下蒲公英，继续向小蜘蛛追去。

蛛网特别短，小蜘蛛只能贴着地面飞行，最终来到了一棵草上。

但它定睛一看，这分明是蚂蚱的胡子，哪是什么草呀！

蚂蚱被惹怒了，用力一甩，就把小蜘蛛给甩掉了，小蜘蛛坠落到了别的草上。

这会很危险的，说不定就会被蜘蛛妈妈抓住的！

小蜘蛛从草上站起来，看了一眼菊苣。这时，有两只胡蜂突然向它飞来！它们长相恐怖，有老虎的斑纹，鹰的翅膀，尾巴上还有毒针，在空中匆匆地飞着，结果却撞到了一起，落在了地上。小蜘蛛就这样逃脱了！

一转眼，又有两只胡蜂向它扑来。

小蜘蛛灵机一动，就钻进了草丛里。

在草丛里，却又发现了一个灰色的大蜂窝。

小蜘蛛慌了，一个劲地吐丝、织网！风来了，小蜘蛛又随风飘走了……

不停地飘呀飘，突然，蛛网又被缠住了！

小蜘蛛俯身一看，地上只有一只蜗牛在缓慢爬行。它背着一个漂亮的小房子，柔软的小触须摇摇晃晃。

小蜘蛛打量了一下四周，又发现了一群大灰老鼠！不过还好，它们是一群幼崽，不会有什么危险。

一只在草茎着爬着,一只在啃谷穗,它们身后就是自己的家——草窝。

小蜘蛛都有些羞愧了,胆子这么小。它向小老鼠问道:"那间草窝是你们家的吗?"

"是的,我们一家都生活在里面。"

"还有,你们吃的是什么呀?"

"你在说笑吧,这你都不认识?它们是谷穗,我们正准备把它们运进仓库用来过冬呢。"

"过冬,冬是什么东西呀?"

"天呐,这你都不知道!你妈妈没对你说,天就要下大雨了么?狂风会卷落灌木的叶子,那时天就变得越来越冷!到处都是冰天雪地,没有食物吃,而且冬天特别漫长,不准备点粮食,准会被饿死的。"

"太恐怖了!"小蜘蛛说,"我不会储备冬粮,该如何是好呀?"

"那就趁早远离我们!"老鼠不耐烦地说,"我还在忙着准备呢。"

这时,小蜗牛说话了。

小蜘蛛就向蜗牛走了过去。

"你要学我这样才行,"蜗牛说,"看,要是天真冷了下来,就躲到小房子里去,把门封上,睡大觉!这主意不错吧?"

"确实很不错,你太聪明了!"小蜘蛛称赞道:"要是没房子,还有别的什么办法吗?"

"是这样啊,我不太清楚,"小蜗牛说,"你去问问熊蜂吧,它也许知道,记住是熊蜂,不是胡蜂,它们不会伤害你的,并全它们和你一样也没有房子。"

小蜘蛛去找熊蜂了。

熊蜂很热情,对小蜘蛛说:

"你把家人都找来,和我们一起挖个洞吧。当然,不能没有妈妈,我们这里是妈妈操持家务的。"

小蜘蛛一听到妈妈,就吓得仓惶地逃开了。

小蜘蛛跑着跑着,就看到一群蚂蚁正在围攻一只黑甲虫。而甲虫就翘着屁股,向敌人喷洒毒液。

小蜘蛛不敢靠近了,万一被喷到了,那就死定了。况且,蚂蚁也不会放过它的,还是赶快离开吧。

小蜘蛛一口气就跑到了一棵白桦树下。它看到叶上有一只甲虫,看起来特别迷人!它一身绿装,在枯叶的映衬下,闪闪发光。这是一种长鼻子的绿象虫。小蜘蛛从蛛丝上吊下来,向它问道:

"亲爱的绿象虫,您这是忙什么呢?"

"你自己没瞧见吗?我们在卷叶子,把卵生在里面,这样就不怕风吹雨打,寒冷侵袭了。"

"我懂了,"小蜘蛛说:"你们这是为幼虫准备过冬的住宅吧。"

"你一点都不懂!"绿象虫没好气地说:"这是夏天才住的房子,我们的孩子在地上过冬。"

"这是为什么呢?"

象虫生气了,最后说道:"赶快走吧,别影响我们工作了!"说着,就把蛛丝咬断了。

一阵风吹来,小蜘蛛又飘走了。

小蜘蛛飘着，飘着，又看到了蜘蛛妈妈，正在下面追赶它。

小蜘蛛不断地吐丝，越飘越远，可就是摆脱不了妈妈！

小蜘蛛心想："我越过前面那条小河，妈妈就追不上了吧！"

小蜘蛛就这样不停地吐丝，在风的帮助下，顺利飘过了小河。

看，就要到河岸了。小蜘蛛开始准备着陆了。

它慢慢收紧蛛丝，向地面靠近，最后降落在了一片白桦树叶上。叶子浮在水面上，小蜘蛛就乘船在岸边航行着。

一路上，它看到了在水面飞奔的水螟、怪模怪样的蝎虫、凶悍的龙虱和跟头虫，还碰到了吓人的蜻蜓幼虫、象鼻虫……小蜘蛛吓得魂都快丢掉了。

小蜘蛛又看到水草上有一个气泡，气泡里栖息着一只闪着银光的蜘蛛。银蜘蛛钻出气泡，对小蜘蛛说：

"小蜘蛛，到我们这里来吧，到水下去生活吧！"

"不行呀，冬天就要到了，水里会很冷的。"小蜘蛛紧张地说。

"哎呀，怕什么呢！水里有很多蜗牛的小房子和彩色的贝壳，都没有居住，你随便选。你可以住进去，用气泡堵住门口，舒服地睡大觉，等到明年春天再醒来。"银蜘蛛笑着说。

"不了，游泳和潜水，我都不会，更别说用爪子吐气泡了。"小蜘蛛说。

又一阵风吹来，小蜘蛛就上了岸。它边走边想："我看还是绿象虫有本事，夏天有空中别墅，冬天有地上住宅。我也要找一间过冬的住宅。"

这里就有一个现成的，地上有一个空橡实，里面还有一个洞，这就是蜘蛛住宅的房门了。小蜘蛛很快钻了进去，铺上一层蛛网垫子，用蛛丝堵上了大门，就呼呼大睡了。

它将会睡过一整个冬天，在春天时离开橡实，到灌木丛上吐丝织网，捕食蚊蝇。

这样的生活真有滋味、真令人向往呀！

"如卡莫"现场报道

您现在收看的是我们现场直播的"如卡莫"体育报道。

这是一场由《森林报》举办的甲虫运动会，前来参加的是全体甲虫。比赛项目分为科学和运动两方面，它们将在此角逐。

目前出场的有鹿虫、犀牛甲虫和鲃虫，除此之外，我们还能看到萤火虫、露尾虫、放屁虫、象虫、吉丁虫以及知识渊博的金龟子。

我们的拟步行虫负责体育场入口的守卫工作。瞧，它倒立在地面上，这是什么情况？据说，它一贯如此，自己连头和脚都搞不清楚。

所有甲虫都已就位，唯独磕头虫迟迟未曾出现。以它的个性，它是不会错过的呀……

"砰"，随着一声枪响，比赛就拉开了序幕。

第一场是速跑赛，前来参加的是快腿虫；第二场是跳高，选手是虎甲虫。之后是钟虫的滴答赛，打磨虫的圆点赛，叶蜂虫的朝圣赛，锯虫的拉锯赛，步行虫的嗡嗡赛。埋葬虫推着一只长毛虫；金龟子卷着一些小软球；花甲虫拉来一片树叶，拴在柱子上，表演剪花边；蛛甲虫，仰面朝天，扮假死！

前半场已经结束，现在是休息时间。不过，磕头虫至今还没有出现……真是太遗憾了，错过了这么精彩的比赛！

后半场开始了。比赛内容是挑战高科技，参赛选手是印刷虫。

在赛场上，放着一块松树皮。印刷虫在上面咬出了很多洞洞——一个很巧妙的迷宫。下面是迷宫入口，走走看能不能顺利通过？

要是找不到路了，就折返，重新再走。朝前走，朝一侧走，要是没有搞清楚路况，没有抵达印刷虫指定的中心位置，最好向下走走。

下面出场的是卷叶象甲虫，它的胡子和鼻子都很长。它们特意带来了3件道具——3片白桦树叶，为我们解开高等数学中的疑难问题。

这个问题有特定的专业术语，晦涩难懂：在数据渐开线上划一道法包线。你们听明白了么？我也一头雾水。面对着如此多的观众，象虫从容地用鼻子划开了3片树叶，卷成了一个小筒。它钻了进去，在观众的惊讶声中，封住了白桦小筒。看懂了么？没看懂。

炮兵甲虫是最后一个出场的。

面包虫看得入神，就躲到了靶子后面。这个奇怪的家伙，竟不知道这有多危险！

炮兵甲虫摆好姿势，像一门大炮似的，向靶子发射。糟了，闯大祸了，着火了，快拿水来。靶子被一种化学液体打中了，似乎就要燃烧起来！金龟子耷拉着脑袋，飞了出来！赛场上喧声一片，观众们全都站起身来，吹呼着。比赛结束了。我们宣布，获得冠军的是……

等一下，等一下，什么情况呀？

原来，磕头虫到场了。它急匆匆地就来到了场地中间……

迟了！一切都收场了！

降落！轰的一声，就跌在了地上！哎呀，笨死了！摔了个底朝天。磕头虫腿太短，翻不过身来，一直打着转转。

磕头虫不动了，用力收紧肚子。看样子，挺卖力的。突然，啪啦一声！脑袋撞在地上，就跳了起来。然后着陆，后背着地，又跳起来！在空中转身，6条腿稳稳地落在了地上！

这个小捣蛋鬼，还真厉害！拟步行虫吃惊不已。

磕头虫发话了："注意啦，注意啦！"

"你们要多用大脑，学我这么做！"

这次比赛真正结束了。所有的甲虫都赞同把冠军称号授予磕头虫。甲虫也会用脑袋劳动的呀！

我们今天的现场直播报道到此结束。

节目由《森林报》编制。

导演：伊琳娜．涅茨卡亚。

主持人：维塔利·比安基。

小鹊鸭的世界

1

难道你们都忘记了自己是怎样来到这个世上的吗？不管怎样，我可是一直铭记在心的！

睁开眼睛，四周黑乎乎的，又潮湿。我想跑出来，但却被什么东西遮住了。

"真难以想象！"我心想，"我怎么就出生在这么丁点的空间里呢？"

我特别气愤，于是就用嘴巴击打墙壁——咚咚咚！

很快，墙就被打出个洞，尔后整面墙都塌了，柔和的阳光照射了进来，温暖而清新。我开心地叫了起来，因为这是我自己迎来的黎明。

突然，出现了一个怪物，遮住了我的视线，我吓坏了，就缩回了洞里，趴在那里，不敢动弹。

这时，一张嘴伸了进来。呀！真是一张令人称颂的嘴，大大的，扁扁的，还滑溜溜的，上面还有一个黑色的小突起。原来，和我的嘴巴一个样，只是稍大一点而已。

"妈妈！"我大叫了一声。自己也不清楚，怎么就认定它是我妈妈！还兴奋地向它跑去，结果我的小世界轰然倒塌了。我站直了身子，脑袋上还有一个壳，跟戴着个帽子似的。原来，我诞生的摇篮是蛋啊！我妈妈是鸭子，而我是它的儿子——一只小鸭子。

"很高兴见到你！"妈妈嘎嘎地叫着，"你是我第一个出生的儿子。"

我眼前的世界不是很大，而且特别灰暗。它被一堵圆形的墙包围着，地面上都是细碎屑，铺着很多羽毛和绒毛。羽毛上躺着12只绿颜色的蛋，和我的那颗一模一样。

妈妈一边用嘴巴给它们翻身子，一边说："还有一个要出生了，别急,我来帮帮你。瞧,又有一个破壳了。嗨,你好,小家伙!"

没用多久,12个弟弟妹妹都出世了。在我们还没破壳时,嘴巴上都长着一个卵齿,专门用它来敲碎蛋壳。但是,一旦我们出壳了,就会把它扔掉。

我们现在居住的地方特别窄,于是我们全家就搬到了一个相对宽敞的地方,一棵树里的窝。新家还是很灰暗,周围还是一堵墙,头顶有一个小天窗,几缕阳光射了进来。

突然,外面响起了人说话的声音。

"嗨,格里沙,看到没,树上有一个洞。"

"嗯,看到了,"另一个人回答道,"我猜树洞里藏着的,要么是小枭,要么是猫头鹰。遗憾的是,洞太高了,有十几米呢。明天我们拿来脚扣,再来抓它们吧。"

我们虽然不清楚脚扣就是用来爬树的铁鞋子,但还是把我们吓坏了。妈妈安慰地说:"别担心孩子们,明早我们就搬家,那样人类就很难再抓到我们了,快到我翅膀下暖干羽毛,我们尽快动身,到一个更宽敞的地方——水上,去生活。"

"水是什么东西呀?"我不解地问。

"等你们长大了,自然会明白的,"妈妈说,"现在你们要好好长身体,长得结结实实的。"

我不是很懂,就问妈妈:"要是我们对世界一无所知,怎么能坚强起来呢?"

这个问题,把妈妈难住了。

我们钻到了妈妈翅膀下,它帮我们暖干羽毛。令我不解的是,

这一切安排得如此妥当。在我们的后背上，有一个小突起，用力一压，就会喷出油脂来，润滑羽毛。妈妈说："一定要涂上油脂，这样就不会被水浸湿了。"

我们在妈妈怀里睡了一夜，第二天一早，就从睡梦中醒来。妈妈爬出树洞，挡住了小天窗，屋子里就黑了下来，突然，又亮了起来，可妈妈却不见了。

不一会儿，从远处就传来了妈妈的叫喊声："孩子们！孩子们！"

我们嘎嘎叫着，向洞外拼命地爬去，第一个来到窗户边的，自然是我。

你猜，我看到了什么？

我看到了绿色，全都是绿色！还有很多挺直的树木。树叶闪闪发光，我几乎快睁不开眼睛了！我努力向下望去，就看到了鹊鸭妈妈，它朝我们大叫着："快来呀，孩子们！"

但是，我们还这么小，翅膀不顶用呀！能飞下去么？会不会摔死呀？

这时，我的两个兄弟已经来到了我跟前。我还没反应过来，一下子就被碰了下去。

我当时吓坏了，大叫着，就从树洞上跌进了深渊……

2

这惊险的一幕持续没多久，我以为自己死定了，结果却发现自己安然无恙。我落到地上，就被弹了起来，跌了个跟头，就稳稳当当地站住了。原来，我们的身子很轻巧，羽毛又结实，像小球似的，落下来是不会有任何事。

我的弟弟妹妹们也都安全降落了。

"孩子们，你们都很棒！"妈妈说，"现在我带你们去一个地方。"

"妈妈，这是我们新的和平的生活环境吗？我问道。

"傻孩子！世上不可能有和平的，顶多是暂时性的休战。我们这里也是有危险的。"

"什么鬼地方！"我生气地说，"硬梆梆的，把我的爪子都弄疼了！"

"一个糟糕的世界总比善意的争吵要强得多！"妈妈语重心长地说。

我老早就发现了，妈妈喜欢引用人类的语言，经常说出这些莫名其妙的话来。

"不要和人发生争执，要时常检点自己的行为！"妈妈边走边说，我们紧跟在身后。当然，走在前头的还是我。

地上长满了植物，我们都是在苔藓和青草上行走的。脚上的蹼时常被针叶和尖树枝刺得生疼。尽管妈妈走得并不快，但我们还是跟不上它的脚步。不是摔倒，就是被绊倒，慌手慌脚地向前追去。

突然，妈妈站住了，小声对我们说道：

"全都躲起来，保持安静！"说着，我们都隐藏了起来。

很快，就响起了一阵金属碰撞的声音。有两个人从林子里走过来了，他们边走边说，手里还提着一个大铁爪。

"可能树洞里有个窝吧，"一个人说道，"要是蛋就炒着吃，是小鸟就烤着吃。"

说着,他们向灌木丛疾步走去,而我们刚刚从那里走出来。

"去抓吧!有本事就去抓吧!"妈妈跳起来,生气地叫喊着。

不多久,我们就跟着妈妈来到了一片有阳光的草地,草地上躺着一块石头,石头上趴着一只正在晒日光浴的小绿兽。它一发现我们,就摇着尾巴,钻进了石头下面。我被它吓坏了,但妈妈说:"这是蜥蜴,它是不会伤害我们的。我们要特别小心的是蛇之类的动物,它们有剧毒,被它咬到准会没命的。"

就在这时,从灌木丛中跑出一只大灰兽。它可比妈妈大多了,一对大耳朵直竖着,好恐怖呀!我们都不敢走了,也不知道到哪里躲藏。它站起身来,摆弄着前爪,一只眼睛还不停地瞅着我们。

"连觉都不让睡安稳!"它气愤地说道,然后又钻进树丛里睡觉去了。

我们继续向前赶路,妈妈告诉我,"那是一只小白兔,它不会伤害鸭子的。"

"它是小兔崽吗?"我问道,"它没长一点羽毛,满身都是绒毛。"

妈妈解释道:"在动物王国里,穿羽毛衣裳的只有我们鸟类。其他动物各种各样的都有。有兔子那样的,只有绒毛,也有人那样的,给光身子穿点衣裳,还有别的样子的。"

突然,又有一只黄鸟从草丛里飞了出来。它个头比妈妈稍大,小脑袋、尖嘴巴、红眉毛。

"你好呀,琴鸡妹子,"妈妈很礼貌地问候道,"你看,这是我的孩子,长得多可爱、多漂亮呀,还特别机灵,它们很快就学会走路了。"

"啊呀，别开玩笑了，"红眉琴鸡不屑地说，"让你们瞧瞧我的孩子，它们都会跑了，你这群小瘸子，根本就不值得一提。"

说着，就从地下钻出了9只小黄鸡。它们一边叽叽喳喳地叫嚷着，一边向这边跑来。

琴鸡阿姨说我们是瘸子，我很生气，就向1只小鸡扑去。它躲开了，我不小心踩到了自己的脚，就跌倒在地。

这时，9只小黄鸡全都向我们扑来。一下子就把我们撞倒在地，啄我们的脑袋。妈妈气得大呼小叫，红眉琴鸡也愤怒地叫着，乱了，不成样子了，到处都是打斗声、嘶鸣声。

妈妈把我们拉起来，给我们拍了拍身子，说："你们真丢人？"说着，就带着我们离开了。

我们真感到无地自容，13只鸭子居然没打过9只小琴鸡，还被人家追着骂："哈哈，小瘸子，胆小鬼，趁早滚回家吧！"这些全都是很伤自尊的话。

走着，走着，林木渐渐稀疏了，天也蒙蒙亮了。这时，一个多彩的美丽大世界，呈现在了我们眼前，使我内心激动不已。那个蓝色的世界就坐落在悬崖下面，在蔚蓝色天空的衬托下，如同一个巨型彩蛋一般。

"孩子们，这就是我跟你们说到的湖，"妈妈说，"我们就在此安家落户。"

她扑扑翅膀，就飞到湖上去了，盘旋了一圈，就落进了岸边的水里，开心地对我们说道："快下来呀！"

于是，我们就鼓起勇气，从悬崖上跳了下去，自然我还是带头

的那一个。一眨眼的功夫，我就落进了那片彩色的充满梦幻的湖水里。弟弟妹妹们在我的四周大声叫唤着。

"当心呀！"妈妈突然大叫起来，转眼间就不见了。这时，一只猛禽气冲冲地向我们扑来了。

我们这群弱小的鸭子该如何应对呀？在这片水域里，该躲藏到什么地方呀……

3

可怕的猛禽在我们头顶盘旋，而我们却暴露在水面上，无处藏身。

但接下来却发生了一件很奇怪的事。我的13个兄弟姐妹，和妈妈一样销声匿迹了。太不可思议了：这可是我们头一次来到湖里，还没搞明白水为何物时，就已经会用它躲避危险了。

我们钻进了水里。尽管我们身子很轻，但还是躲进了水里。我们的脚蹼子，就像船桨一样，在水里划行。

那只大坏鸟找不到我们，就离开了。过了一会儿，等我们露出水面时，它已经消失得无影无踪了。妈妈向密芦苇丛游去了，我们就紧随其后。游泳对我们来说轻而易举，和潜水一样，都是与生俱来的本事。这时，我们最终抵达了故乡，这里的一切都给我们一种自由舒畅的感觉。

在肥硕的、光秃秃的，还带着小疙瘩的芦苇丛上方，生长着一片矮小的树林。远处，一条小河注入湖中，在小河对面，分布着许多小岛。小岛周围长满了一丛一丛的多叶芦苇和一些高大的褐色蒲草。由于它们的存在，我们在林中的湖里生活着许多禽类家族：这些绿色的灌木丛对我们来说是最好的避难所。在蔗草、芦苇、蒲草上生长着蜻蜓的幼虫、肥水虫和其他一些昆虫，它们是我们的美味食品。

现在，我们已经不太害怕那只在第一天恐吓我们的猛禽了。妈妈告诉我们，这种猛禽叫做褐鹞。这种褐色的大鸟，每天都会挥舞着长长的翅膀，在我们的蔗草上方盘旋3次，偷偷地观察，是否有粗心大意的鸭子。有时候，就连成鸟它也不放过。只要被它发现，就"嗖"地一声扑过去，一把抓住。但如果你一直保持警惕，那就总能来得及摆脱它，要么潜入水中，要么藏在垂到水面上的柳枝下。

除了褐鹞之外，每天光临我们湖泊的，还有一些长着三角形尾巴的黑鹰，不过，它对被浪花推走的尸体——死鱼和死青蛙——更感兴趣。而那种浅色的、样子令人生畏的鱼鹰，却从来不会攻击我们，它只捕捉活鱼。其他所有绿丛中的居民，就都是我们的朋友了。

在灌木丛旁边，生长着一片小树林。不远处，有一条小河流入湖里，河对岸是一些岛屿，小岛上丛生着高密的芦苇和褐色蒲草。在这样隐蔽的环境里，生活着很多禽类家族，而且这里有很多可以捕食的昆虫。现在，我们已经平静下来，不再畏惧之前袭击我们的猛禽了。

妈妈说，那只坏鸟叫褐鹞，经常在出现在这里，四处搜寻猎物，准备偷袭。一旦被盯上，就会俯冲下来，把它抓走。不过只要时刻保持警觉，还是可以脱离险境的，因为你可以随时躲藏起来。另外，还有一些黑鹰常到这里来，但是它们更喜欢吃死鱼和死青蛙。至于冷峻的鱼鹰，是从来不会伤害我们的，因为它们只吃活鱼。生活在

绿丛中的其他禽类，都是我们的伙伴。

每天我们都结识新的家族，并且一起度过了快乐的时光。这时候，我们已经知道，我们是潜鸟，人们都叫我们鹊鸭，只是现在还没有长大，所以只能叫做鹊鸭宝宝。在我们旁边居住着红头潜鸟，和两只黑冠毛的雏鸟。我们很快都学会了自己猎食，所有的小虾、幼小的鱼和蜉蝣都是我们的目标，我们能潜到湖底追上它们。至于那些小潜鸟，大个的绿头鸭，它们是不会潜水的，只能把头伸到水下，喝点浑水，将水中的食物，用嘴过滤一下，咽下去。小潜鸟在那条小河和它对面的小岛上生活。

在岸上，常常有一群长嘴长腿的鹬跑来跑去，有时，还能看见沼泽鸡。这些沼泽鸡的孩子，样子像是圆圆的小球，行动起来非常敏捷。其实，沼泽鸡和陆地上野鸡——琴鸡、花尾榛鸡和沙鸡一样，并不是真正的鸡。我们再次遭遇真正的森林鸡纯属偶然。

这时，我经常会和自己的弟弟妹妹们分开单独行动，而它们还要和妈妈一起游泳呢。有一次，我游到一个地方，那里森林与湖泊相接，我突然听到，好像有谁在叫我："你好啊！湿尾巴的家伙！"

原来，这是那个在我未到湖泊之前，和我打架的红眉琴鸡。琴鸡妈妈竟然这么粗心，将自己的孩子们领到水边来了。

我没有立刻认出这个曾经欺负过我的家伙，它也长大了。甚至长出了两个小翅膀。它们已经能呼扇着翅膀，飞到灌木丛中低一点的树枝上了。让我奇怪的是，它竟然认出了我，要知道，我们所有的雏鸟，可不是按天长大呀，而是每个小时都在变化。我已经成为了小鹊鸭，当我们长出羽毛，拼尽全力试图从水面上飞起时，我们就已经叫做鹊鸭了。

我还没有来得及回应红眉小琴鸡，它却已经走到断崖的边上了。在它脚下，沙子簌簌而下，小琴鸡绝望地拍打着翅膀，直坠下来。掉进我旁边的水里。总算能报复它一下了，小琴鸡在水里，要比我们鸭子在岸上更糟糕！可是，我们是鸟类，从来都不报复的。琴鸡妈妈从森林里跑出来，绝望地咕咕大叫，但它也不能挽救自己的孩子，要知道，成年的琴鸡也是不会游泳的呀！而小琴鸡没有被油润滑过的羽毛已经湿透了。风从岸上吹来，小琴鸡无助地张开了翅膀，被吹到了湖中央，在那里，死亡正等待着它。

可就在这时，我扑向了它——用嘴将它向岸边拖来，没过一会儿，它已经快到沙滩上了，它急忙跳了起来，向岸上跑去，"扑"地一下栽倒在地，一点力量都没有了。这时候，我当然可以向它喊一些令人难堪的话，比如"落汤鸡、落汤鸡"。可它已经那么倒霉了，我自然也就不忍心了。琴鸡妈妈喜极而泣，我也很高兴，能帮着它逃脱灾难。

但这不是真正的灾难，因为很容易就躲过去了。在我遇到小琴鸡的3天后，我们的湖上才真正发生了一起闻所未闻的灾难。我很多活泼的同伴和弟弟妹妹多数都死掉了，只有少数幸免于难。

4

我答应过，要给你们讲那起湖上的大灾难，那就听我说说吧！

人类常常窥视我们森林中的世界，他们大多都是些小孩子——小男孩和小姑娘。他们脱下衣服，跑到水里——通常是在不长芦

苇的地方，尖叫着互相泼水。他们没招惹我们，我们就把他们当做了好人。

我从一只老鸭子那里得知，手里拿着枪的才是猎人。他们的手里有一种巨雷和闪电，要是我们没有及时藏起来，他们就会向我们射击。这只鸭子还对我讲，不久之前，来了两个年轻人，他们搜遍了整个湖岸，捣毁了许多鸭巢。要知道，我们鹊鸭经常把巢建在森林的树洞里，而其他鸭子都在地上筑巢，尽量离水近一些。正巧，那时候所有的鹊鸭都在孵蛋，所以那两个人抢走了许多蛋。

我想，既然我们已经出壳了，又会游泳和潜水，那么现在，他们也不能把我们怎么样了。

但是，有一天，在距离我们很远的湖的另一端，传来了狗叫声。当时我一个人在游泳，没有和妈妈以及弟弟妹妹在一起，也不明白，为什么那些潜鸟会那样慌张。潜鸟是一种黑白色相间的水鸟，一些人把它们当成是鸭子，实际上它们连我们的亲戚都算不上。不然，你就看看它们那直直的、尖尖的嘴巴，还有几乎从尾巴长出来的腿，就会相信我说的话了。它们没有蹼，却长着某种凸起的皮垫，它们以鱼为生。在我们的大湖上一共就生活了一对潜鸟，它们有两只小潜鸟，也藏在芦苇丛里。

当狗叫声刚刚传来的时候，两只潜鸟就将小潜鸟放到了背上，和它们一起潜到水里。我们的鸭妈妈却不会这样，我们也从来没爬到过它的背上。而潜鸟则带着自己的孩子潜入水中，和它们一起在水下飞去它们想去的地方。对，对，就是飞，因为它们在水里也能自由地挥动翅膀，就像在空中一样。

潜鸟带着自己的孩子，几乎潜到了湖中央。那时，我就应该想到，聪明的鸟害怕留在岸边，可我一点反应都没有。这些年轻人就是上次来的那两个，不同的是，这次他们还带了一只狗。小伙子在岸边走，狗却刨着水，游到芦苇丛里，逮到了一只小鸭子，叼给主人。当它接近我藏着的地方时，年轻人的背上已经有一整袋被狗咬死的鸭子了。

我该怎么办呢？当狗跑近我时，我使用了最常用的逃生办法——潜入水里。可是，那只可怕的狗好像在芦苇丛中嗅到了什么，开始一圈一圈地游。5分钟、10分钟过去了，它仍然不肯离开这个地方。两个年轻人走过来，大喊着鼓励丧家犬。于是，它又在这儿转了半个多小时，给主人叼出一只倒霉的沼泽鸡才算完事，要知道，这只沼泽鸡就藏在离我非常近的淤泥里。

"半个多小时！"亲爱的孩子们，你们一定会问，"咦，鹊鸭兄弟，你说的大概不是真的吧！从来没有哪只鸭子能在水下面待那么久呀！可是只要你一露出头来，喘口气，狗就会立刻把你咬住。"

你们说的没错，潜鸟在水下最多只能待2分钟。可是猎人的话也是有一定道理的："在不幸面前，鸭子往往是骗子！"鸭子们很容易把敌人给蒙蔽了。我是跟妈妈学的这个把戏。你们肯定迫不及待吧！告诉你们：我潜进水里，用嘴巴咬住一根芦苇，伸出来偷偷地呼吸。再聪明的猎狗也很难识破我的花招的。

没多久，我们的心灵再次受到创伤。这一次，是妈妈不见了。它离家之后，就失去了音讯。我们心想，妈妈一定被人害死了。其他野鸭就劝慰我们说：现在是鸭妈妈换毛的时节，它们都游到湖中

心的灌木丛里去了。鸭妈妈脱了毛之后，就不能飞了。

老实说，我们已经长大了，会飞了，可以独立生活了，不需要妈妈总陪伴我们身边了。它把生存技能已经全都传授给了我们，把我们辛苦养大，也该好好地享受一下生活了。

不久前，我们还遇到了一件事——鸭爸爸回来了。夏天，母鸭孵蛋期间，公鸭全都到海边换毛了。之后，它们又回到这里，带领我们这群小鸭到湖面进行第一次飞行。

现在，我才明白过来，我们从出生到长大经历了3个世界，而且这3个世界都是童话般的小小世界：蛋、巢和林子里的这片蓝色的湖。

这时，我们已经拥有一双强有力的翅膀，所以我们生活的空间就变得更辽阔、更神秘了。我们的这个世界要比森林鸡的大得多了。因为，我们是候鸟，冬天到来时，我们就要向远方迁徙。那样我们就能看到更多的国家，飞到更远的地方，那里一年四季都很暖和，河湖也不会被冰封。

自由自在地飞翔在广阔的世界里，真是一件幸福的事情！

小米夏轶事

突然，从河边的灌木丛中探出了一个大脑袋，上面长着黑色的绒毛，还有一双绿眼睛闪闪发亮。

"快跑呀，大黑熊来了！"燕子们惊恐地大叫着，快速飞离了河面。

不过是燕子搞错了，它们看到的只是一只小笨熊，只有1岁多大，名叫小米夏。去年的时候，它还依偎在妈妈身边嬉嬉闹闹，而今天春天就要离开家，自力更生了。尽管它看上去还小，但它已经把自己当成大熊了。

不过，从灌木丛中出来，它才意识到，其实自己还没有真正长大，只是有一个毛茸茸、胖乎乎的大脑袋罢了。除此之外，还看不出它是一只成年熊，倒像是一只幼年小熊，而事实上它就是一只小熊。它的叫声柔弱，腿又短又胖，尾巴短短的，藏在毛里，几乎看不到。

烈日炎炎，森林和蒸笼一样闷热，让人喘不过气来。所以，小熊就来到河岸边，呼吸那里凉风带来的新鲜空气，又清爽，又舒服。

小米夏像小孩一样坐在草地上，用前爪抚摸着圆圆的小肚皮，脑袋不停地打转，留心地东张西望着。但是没多久，它就发现一条小河在它前方哗啦啦地流着，于是就欢快地奔了过去。到了河边，它就趴下身子，尽情地喝足那里的凉水，然后满意地向河岸走去。它的小绿眼睛不停地转圈圈，似乎在想：接下来我要到什么地方去玩呢？

河岸越走越陡，一群小燕子从那里飞过，看到小熊，害怕地唧唧叫着。一些勇敢的小燕子从它鼻子尖瞬间掠过，像是在做游戏一样。小米夏还没看清它们的模样，它们就远远地跑开了，只留下耳边的嗡嗡声。

"啊，它们自由自在的，真幸福！"小米夏仰望着它们，心想，"它们可真多，像一窝蜜蜂似的。"

眼前的情景，触动了它的情思，它不禁想到了去年夏天跟着妈妈和妹妹去掏蜂窝的往事。蜂窝在一棵大树的洞里，熊妈妈老远就

小米夏抢先爬到了蜂窝洞口,就迫不及待地把爪子伸了进去。蜜蜂被惹怒了,气冲冲地向熊们发动攻击!妹妹不幸遇袭,一下子就从树上跌了下来。这时,小米夏就趁机偷食了蜂巢里的蜂蜜。它的爪子上沾的都是蜂蜜,吃得不亦乐乎。

　　可是就在这时,它的眼皮被蜇着了,紧接着鼻头也被蜇着了。它痛得大叫着,从树上跳了下来。蜜蜂虽然个头小,但要是激怒它,也是很可怕的。即使熊是大个头,也吃不消这被蜇的滋味。很快,小米夏就钻进了林子里。而妹妹却在树下哭泣着,它连蜜的影子都没看到呢。

　　这会儿,小米夏正担惊受怕地望着这些小燕子。它还从未遇见过这么丁点的小鸟呢,甚至还在怀疑究竟是不是鸟,说不定是一种巨型蜜蜂呢?假如还真是的话,那该如何是好呀?

　　那些小燕子,从远处看和蜜蜂一个样呢:它们也在悬崖下面生活,栖息在岩壁上的小洞穴里。密密麻麻的小洞穴,多的数不清!从小黑洞里,时不时地飞出一些小燕子,叽叽喳喳地叫着。它们在说什么呀?小熊一点都听不懂,不过燕子们对它充满敌意,这它是知道的。它们不停地嘶鸣着,应该是在表示对它的愤怒吧!

　　悬崖上有这么多洞,里面得藏着多少蜂蜜呀?小米夏一想到这些,就开心得不得了!林子里的小蜜蜂酿的蜜是那样的甜,这些大蜜蜂的蜜想必更甜吧?

　　小米夏看到陡坡下有一个大树墩,就打算爬到上面去。但是树墩太高了,它怎么也上不去。没办法,它只能沿着陡坡往上爬了。

成群的小燕子在它上面盘旋着，一个劲儿地叫着，吵死人了！还好它们不蜇人，就随便它们去叫吧！小米夏深呼吸了一口气，继续向上面爬去。

陡坡上都是沙土，一点不好爬。小米夏费了好大得劲往上爬，可是沙土被抓得都滚落了下来。它越是努力攀爬，沙土滚落的就越多。小米夏被气坏了，一肚子火气！突然，它的身子也跟着沙土滑了下来，最终回到了陡坡下，看来是白忙活了……

小米夏蹲在那里寻思着："这该如何是好？照这样爬，这辈子也别想上去呀。"

小米夏的脑袋是很机灵的，它不停地设想着各种各样爬坡的办法。突然，它灵机一动，就站起身来，回到了树墩旁。它走进草丛，来到河堤上，接着又向崖壁爬去，想必这次它能如愿以偿了吧。

小米夏把身子紧贴在坡上，往下看，黑乎乎的一大片燕子洞，好像就在它下面，一伸手，就能抓到它们似的。它尽力伸出脚爪，可惜，还是太远了，摸不着……这时，燕子还在它那个空盘旋着，鸣叫着。

小米夏仍不死心，又将脚爪慢慢地探出来，结果却踩了个空，跌落了下来。它的脑袋又大又笨，这会儿滚到哪儿去了呢？

小米夏在沙坡上一个劲地翻滚着，一路上掀起了不少沙尘！小米夏可停不下来，而且越滚越快……

轰的一声巨响，小米夏的脑袋就撞到了什么东西上。这下，它总算停下来了，一脸狼狈地呆坐在那里。

它的脑袋还在晃动着，看来伤得不轻呀！打了几个喷嚏，鼻子

也被撞伤了!

很快,脑袋上就冒出了一个大包,把它痛得嗷嗷叫,不停地用爪子去揉它!它的眼睛似乎也进了沙子,视野也变得模糊了,只是隐隐约约地看到眼前出现了一个黑东西……

"哎,你这个家伙,肯定是你把我脑袋撞成这样的!"小米夏咆哮着扑了上去,"我要报复你!"

它用后爪撑起身来,挥起前爪,就向它打去。可是身子一失衡,掉了下去,你猜怎样,竟掉进了悬崖!悬崖下面有一条奔涌的河流,波浪一个接着一个。小米夏落进水里,喝了几口水,还好它会水。

它在水里拼命地游着,可那黑东西又出现了,还向它这边追来了。它害怕地一直游到了河对岸,爬上了岸,连头也没回,就钻进丛林里去了。一群燕子紧跟在它后面追赶它,可小米夏并不清楚这些。那个黑家伙还在水里漂浮着,一起一伏的,原来是一棵黑树墩子呀!

小米夏从坡上滚下时,刚巧碰到了这棵老树墩,还把它给碰断了,和它一起跌入了悬崖。不过,小米夏的脑袋又大又结实,这点伤对它来说算不了什么。

尽管如此,可米夏终归是一只小熊。刚离开妈妈,独自生活,它要学习的东西还有很多,因为只有掌握了本领,才能更好地生存呀!

聪明的野鸭

"真是稀罕事呀。"吉普对野鸭说道,"别在这片沼泽地躲藏,你没发觉猎人在向这边逼近么?"

"嗒！嗒！"，野鸭点头称是，"是的，这里危险重重，可我能躲哪去呢？"

"你瞧，"吉普说，"有4只野鸭，在那河对岸，和它们一起呆着，我们会安全一些。"

"嘎！嘎！"野鸭不赞同，它可不会数学题。

"简单地说，"吉普解释说，"那边有4只野鸭，算上我们2个，就有6只。如果我们一起合作，就有12只眼睛一起侦察四周，这要比我们俩在一起更安全了。"

"嗒！嗒！"野鸭总算听懂了，但却说，"可我不喜欢它们，它们总是耷拉着脑袋，往水里翻跟头，只把尾巴露在外面。"

"笨蛋！"吉普气愤地说，"你没注意到吗？它们和我们是同族，长着一样的蹼。你还指望它全身上下都和我们一样呀？"

"嗒！嗒！"野鸭再一次点头称是，"我懂了，但是我还是不放心，总感觉它们还是不同于我们。"

"你什么都不懂，"吉普生气地说，"你不去拉倒，我自己过去，你就等着被猎人打死吧。"

吉普向那边飞去了。

"哎，别去呀，危险！"野鸭想留住伙伴。

可吉普已经到了河对岸，刚落在4只鸭子跟前，它们就不见了。原来这是木质的假鸭子，吉普上当了，猎人正躲在灌木丛中，一声枪响，吉普就落到了水里。

"嗒！嗒！"野鸭伤心地叫道，虽然这个沼泽一眼就能看到头，但我还能钻到土堆里，这也是个不错的藏身之所呀！"

"唉，吉普真是白白葬送了性命。太遗憾了！这么机灵的一只鸭子，怎么就干了那么糊涂的事呢？"

不用斧子的工匠们

有一个谜语：不需要用手，不需要用斧，却可以把房子建起来。大家来猜猜，这是什么样的房子？

还没猜到吧，很迫不及待想知道吧，告诉你们吧，答案是鸟窝。

你认真琢磨一下，确实是这样！我们家树上有一个喜鹊窝，是用树枝搭建成的，地板是喜鹊用泥巴抹的，上面是一层枯草，门就开在窝的正中间，屋顶是用细小的树枝做的。这个小窝几乎和我们人类的小木屋一样，但是却很少有人看到喜鹊用手或者斧头搭窝！

每次看到这样的鸟巢，我都会为它们的造房工艺所折服。小鸟们多么辛劳呀，没有手，也没有斧头，除了身子之外，再无其他工具，可它们也需要建房子，来孵蛋、栖息，所以它们没日没夜地盖房子，真是太不容易了。要知道，即使是人类建房子在人类看来也是一件难事啊！

可它们是用什么方法呢？给它们装上一双假手，那是很不现实的。如果给它们一把斧头呢？这主意听起来有点不可思议，不过倒还算是个办法。

于是，我带着一把小斧子，就来到了果园。刚巧碰到了一只夜鹰，我对它说："夜鹰，夜鹰，你没手也没斧头，搭窝很困难吧？"

夜鹰说："我是不需要做窝的，你看我是在哪里孵蛋的。"

夜鹰挪开了身子,我看到草丛里有一个凹坑,里面有两颗小蛋,颜色艳丽,很像大理石。

"原来是这样啊!"我想,"不需要搭窝,就能把孩子孵出来,看来要手和斧子也没什么用了。"

穿过果园,我就来到了一条小河边,河边有一个小树林,一只小攀雀在树上蹦蹦跳跳,用小嘴巴搜集柳絮。

我疑惑地问:"小攀雀,你干嘛搜集那么多柳絮呀?"

"它们都是我搭窝的材料呀,"小攀雀说,"我要搭建一个暖和的小窝,软软的、毛茸茸的。"

"真好啊,"我想,"这样说来,它也用不到小斧子了,只要有柳絮就能筑巢了。"

很快,我就离开了小河边,来到了一间房子跟前。

这时,我看到一只燕子正在屋檐下忙着搭窝。它从小河边衔来泥巴,用唾沫搅拌,然后抹到屋檐的缝隙里。

"它做得真出色!"我想,"我的小斧头又派不上用场了。"

我有点小失落,走着走着,就来到了一片林子里。我看到云杉树上有一个鸟,那是歌唱家鸫的巢穴。你来瞧瞧,多么精致的小窝呀!窝外面裹着一层绿苔藓,里面光溜溜的,真像一个彩色的陶瓷罐。

"这么漂亮的房子,你是怎么建成的呀?"我满怀新奇地问道,"如何才能把窝里修饰得像你的那样平滑呢?"

"我用的只是爪子和嘴巴,"小鸫鸟说,"我找来一些木屑,用唾沫搅拌它们,然后再把它们一点点地抹到窝的内壁上,多用点心,就能建成这样的小住宅了。"

"是啊，"我想，"我还是把小斧子送给做木工的小鸟吧。"

这时，一阵笃笃声从林子里传了出来。

我循声望去，看到一只啄木鸟正在啄击树干，它这是在凿洞筑巢，用来孵蛋。

于是，我走过去，问道："亲爱的啄木鸟呀！你不必再用嘴巴啄击树干了，那样会弄成脑震荡的！你瞧瞧，我给你送来了一把铁斧，一定可以帮到你的。"

啄木鸟转身看了一下，说："谢谢你的好意，我用不到小斧子！你瞧，我不是干得挺好吗？用尖爪抓紧树皮，尾巴支撑着身体，弯着腰，用嘴巴一个劲地敲打，木屑就簌簌地掉落下来。我根本没有空闲的手来拿斧子了！"

我听了，脸都红了，真是没事找事。小鸟们对我的斧子根本不屑一顾，它们全都是赤手空拳的建筑高手。

这时，我又发现了一个老鹰的窝，它是用一堆枯树枝做的，就搭在一棵大松树上。

"看看吧，"我心想，"这回可总算找到需要用斧子的鸟了，你想想呀，要是没有斧子怎么砍断这些粗枝呀？"

一想到这，我就向那棵松树走去，然后望着树上说："老鹰呀！你瞧瞧，我给你送来了一把锋利的斧子，准能帮你大忙的！"

老鹰瞅了一眼，说道："小伙子，谢谢你的好意！把它丢到我的窝上来吧，我再找一些树枝铺在它上面，想必这样搭出来的窝会更牢固一些，住起来更舒服一些吧。"

天呀，你在开玩笑吧，把我的小斧子拿来当垫子呀！

年轻的乌鸦

一只年轻的乌鸦飞到河边来觅食。本想在石头缝里寻点美味，却一无所获。

突然，在岸边的沙堆里，看到了一只大肥蚌，还长着一对坚硬的甲壳。这种蚌对乌鸦来说，简直就是人间极品。就像鲜美的牡蛎在人看来，百吃不厌一样。但有一点不好的是，它们的外壳太坚硬了，紧紧闭合着，根本打不开。

怎样才能顺利吃到里面的鲜肉呢？

乌鸦煞费苦心：它把蚌翻来覆去地看，发现两扇壳的连接处有点缝隙，就打算对准它啄击！它敲呀敲，可还是毫无收获，但它没有灰心，一个劲地敲击着。

突然，喀嚓一声，嘴巴就插进了沙堆里。

又是一声，嘴巴又不小心插进沙去。

这下，乌鸦吃了很多泥沙，肚子都快被气炸了，干脆就把河蚌丢在了一侧。自己束手无措地坐在那里发呆。

就在这时，一只喜鹊飞来了。它一看到河蚌，就馋得直流口水，想把它吃掉。刚开始它和乌鸦一样，来回地打量着河蚌。

我们看到它站在泥沙里，居然用嘴巴尖伸进了贝壳中间的缝隙里。然后把嘴巴来回旋转了一下，就像一把螺丝刀似的，河蚌竟奇迹般地被打开了。

年轻乌鸦很生气，立马向喜鹊扑去，想抢回猎物。但是喜鹊一

口气就把蚌肉吃掉了。

乌鸦发疯似地叫嚷着："嘎嘎！你这个坏蛋，抢我的食物！你的嘴巴长成那样，简直就是对我们乌鸦嘴巴的侮辱。"

"嘎嘎！"一只老乌鸦飞来了，嘴巴还不停地叫道，"笨蛋，分明是你给我们乌鸦丢脸了。无论什么鸟，都是用自己的嘴巴捕食猎物的。"说着，就把一只河蚌从小乌鸦那里夺了过来。

我们看到老乌鸦很从容地，用钩子似的嘴巴叼起河蚌，飞到空中，然后抛了下来，河蚌落在石头上，就摔烂了，鲜美的蚌肉就露了出来！

年轻乌鸦被这一幕惊呆了，这时，老乌鸦跑过去就把肉给吃掉了，还对年轻乌鸦说道："不懂得怎么用嘴巴，就等于没长大，活该被饿死，谢谢你的热情款待！"说完，就转身离开了。

农庄里的趣闻

小怪兽快速爬进了洞里,只是尾巴被老鹰揪住了。老鹰抓着小兽的尾巴,使劲往外面拉,这可把小兽疼坏了,不过,小兽最终还是逃进了洞里。老鹰只抓掉了小兽的皮毛,无奈地离开了。

冬天，绿草在生长

你们愿意和一年级的小学生玛侬卡做朋友吗？她的年龄和你们相仿。现在，我把她的故事说给你们听吧，看她在爷爷奶奶家是如何过新年的。

他们老俩口生活在森林里，爷爷是林区的守卫员。

老夫妇很怀念自己的童年，就想让孙女过上一个最不一般的节日，因此还特意准备了一番。晚上，老俩口让孙女先到黑屋子里去等着，小玛侬卡等了很久，都有些不耐烦了。这时，突然传来了收音机的声音，另一扇房门也缓缓打开了，鲜艳的光彩从里面放射出来。小玛侬卡看到了一棵圣诞树，树上都是各种颜色的小彩灯、玩具和闪着亮光的大雪片。旁边还站着一个圣诞老人，背着一个鼓鼓的布袋，还拄着一根长拐杖。

奶奶抱着孙女，开心地说："好孩子，看，圣诞老人给你送来了很多礼物，因为你上学期是三好学生，这是对你的奖励。"

小玛侬卡最不喜欢别人叫她好孩子，事实上，她远没有说的那么好，特别是在学习上，而现在却要给予她奖励。

玛侬卡对奶奶生气地大嚷道："我已经不是什么小孩子了，我也不喜欢圣诞老人，我知道它是用棉花做的，你们别骗我。"

"哎呀，我的孩子！"奶奶惊诧地说道，"伊万，你听到吗？我们的孙女都变成啥样了！在她眼里什么都是假的，这真是太可怕啦！"

小玛侬卡说道："你们以为我很容易被骗吗？老师之前给我们

讲过《十二月》的童话，说一个女孩在冬天里见到了12个月。但是她后来说，这些都是假的，不现实的，夏天永远都不可能和冬天见面。反正，没有人再相信童话和圣诞老人。"

奶奶听了，几乎就要哭了出来。

"哎，太伤心了，没有童话，以后还能生活么？伊万，童话已经不复存在了。"

爷爷却笑着说：

"童话不会消失的！我明天就带孙女把它找回来。"

"总之，我再也不会相信了！"小玛依卡蛮横地说。

"我会让你亲眼目睹的。"

"看不到！又是骗人！"小玛依卡大叫道。

新年计划失败了，奶奶一夜都在伤心，爷爷却叼着破旧的长烟斗沉思着。

小玛依卡拿下圣诞老人的布袋，取出了一个洋娃娃、游戏机、一顶红帽子和一只金色小熊，谢过老两口，没多说什么，就上床睡觉了。

"该起来了，孙女！"爷爷叫道，"今天天气不错，来喜迎新年吧！"

"我已经不是小孩子了，对不稀奇的事不感兴趣。"玛依卡似睡似醒地说道。

"是，你长大了！"爷爷说道，"但大人更离不开稀奇的事，我带你到一个很神奇的地方去。"

"去什么地方，爷爷？"

"我们去拜访树妖，它不在山上，也不在谷底，就在我们附近。"

海上孤鸿

在那里，冬天和夏天相遇了。"

"骗人！"玛侬卡说，"它吓人吗？"

"它呀，长得比松球还矮，但守林员不能没有它。它对我们很重要。"

"行，我这就起床！"玛侬卡应许了。

她穿上衣服，就跟着爷爷出门了。太阳被乌云遮住了，很快天空就飘起了大雪。他们来到林子里，就停下脚步，爷爷从口袋里拿出一块手帕。

"乖孙女，把眼睛蒙上吧，童话要和你捉迷藏了！"爷爷把孙女的眼睛用手帕遮上，"记得，一定要诚实哦，不能随便摘下来看！来吧，跟我走，我牵着你的手。"

大概走了很久吧，爷爷最终让孙女坐下来，说，"听到声音了吗？"

"嗯，听到了，爷爷。"

"是什么？"

"感觉是流水声吧。"

"没错，就是流水声。"

"冬天里不是只结冰么，这肯定是爷爷你弄的！"

"不是，这里是夏天，睁开眼睛看看吧！"

玛侬卡拿下手帕，惊叫了起来。

这里是森林里的一个亭子，亭檐上挂着冰柱，下面是一条奔腾的小溪。天还在下着雪，不过在半空中就不见了。云杉树上没有一点积雪。小河和夏天一样欢快地流淌着，水草也在自由地摆动，

122

像是美人鱼还梳理辫子。河岸铺满了绿草，绿草丛中点缀着淡紫色的小花。

"爷爷，"玛依卡偷偷地说，"你看，河上那跟树枝上是什么？"

"哦，那是一只鸟，一只胖脑袋、长嘴巴的鸟。"

"是鸟啊，我还从未遇见过这么美丽的小鸟呢！它脑袋垂下来，不怕掉进水里吗？"

"不怕的，孙女，这是一只翠鸟，会水的。你看，它钻出来了，嘴里还有一条鱼呢。这就是生活在童话里的七色鸟。"

"真是这样吗，爷爷？"她低声问道。

"是的，我们就在真实的童话里。你瞧，我们的树妖，就住在那棵云杉的树墩下。"

"爷爷，你瞧，有一个翘着尾巴的黑东西跳出来了。这是什么东西呀，既不像老鼠，也不像鸟儿。"

"它就是树妖，我们守林员的好助手，是树根的守护之神，会用尾巴歌唱。它什么都不怕，快瞧，它来到树上了，太阳一出来，它就要唱起歌来，你听！"

我是一只无畏的树根鸟，

云杉树下我安家，

一年四季从不离它。

我的生活真快乐，

守护着森林，

看守着家，

别看我身小，志向却挺大，

太阳出来，把歌唱。

春天到了，

大伙都欢快，

要是坏人，胆敢拿着锯子来，

我一下子窜出来，

吓他们一跳，还要大声叫道：快滚！

守护员就要到，

抓住你们采伐盗。

他们不离开我，我也不离开他，

我的歌声响彻整片森林：

特尔！……

守林员扛枪正在奔来，

而我却要赶紧回家，

钻到树下，

卷起尾巴，

停止歌唱。

"爷爷，小树妖飞走了，"玛依卡说，"七色翠鸟也消失了，它们在现实中真的存在过吗？"

"孩子，难道你连自己都不相信吗？你瞧瞧四周，这里是冬天，可小溪没结冰，绿草也在生长。"

"让我冷静一下，我看到的一切都是真实的——彩色的鸟和冬天里的夏天都是真实存在的。"

"开学了，你就可以把这些告诉老师，冬天里是有夏天的，而且和真实的夏天一样美。这样她就会不会怀疑童话了，事实上，童话是不会骗人的。孩子，我们得回家了，天太冷了！你的小鼻头都发白了！我们还是赶快回家吧！"

"快不了呀！"玛依卡失落地说，"还是把我的眼睛遮住吧。"

"这是为什么？"爷爷不解地问，"不是刚给你摘下来的吗？看，我们的家就在那里。其实，我们没有走远，就来到了童话里。你瞧，奶奶正坐在台阶上等着你呢。"

玛依卡向奶奶跑去，紧紧抱着她。

"奶奶，还真有童话存在呀，爷爷带我见到了冬季里的夏天。"

"呵呵，我的好孩子，你到什么地方去了？"奶奶兴奋地说，"伊万，你带孙女去了哪里？是到亭子里去了吗？到小溪边的温泉去了吗？"

"是的，是到温泉去了。现在孙女相信，童话在生活中是真实存在的！"

小兽的故事

玛依卡开春就上二年级了，她整个寒假都生活在爷爷奶奶家。

爷爷每晚都会哄孙女睡觉，还给她讲述各种鸟兽的故事听。因为他是守林员，所以对森林里的居民很了解。

夏天快过去了，玛依卡说：

"现在对于丛林中的飞禽走兽，我都认识了。"

"真是这样吗？"爷爷笑着说，"那我说个小兽的故事，你来猜猜它是什么，怎么样？"

"小菜一碟！"

爷爷给孙女盖好被子，就耐心地讲了起来。

"秋天的一天晚上，我们的园子里已经黑了。

"一只老鹰在回巢的途中，突然停在了一棵橡树上。树上满是叶子，似乎在冬天里不舍得脱掉，它们把老鹰遮得很严密，很难被发现。深夜，这里是一个很不错的栖息地，当然也很适合潜伏。

"老鹰斜着脑袋，向树叶丛外看。它发现了一个小黑洞，就在对面的一棵橡树上，一个粉红色的小鼻子在里面若隐若现。

"老鹰双眼怒视着，它在等待时机，一旦小兽钻出来，它就扑过去捉住它。但是，小鼻子很久也没有再出现。老鹰刚填饱肚子，眼睛也困倦了，是该休息了！小兽生活在洞里，是跑不掉的，等着明天再吃吧！

"老鹰伸了个懒腰，就睡了。它刚睡下，洞里的小兽就露了出来，尖脸蛋，长胡子，大眼睛，粉红色的大耳朵。小兽警觉地打量了一下四周，确定没有危险，才爬了出来。现在才看清它的全身，一身浅黄色，白腹部，尾巴短小。"

"我知道它是什么！不就是一只小松鼠么？"玛侬卡回答道。

"不对，松鼠要比它大两倍呢，而且松鼠是棕红色的，不是黄色。"爷爷说道。

"那它一定是一只外来的小兽吧。我们这里生活的野兽，诸如兔子、松鼠、老鼠和熊什么的，我都清楚。"

"哎呀，你还真会说大话！"爷爷说，"我和它们生活了一整个夏天，都还没遇见过它们。你用心听，再猜猜，"

"这只小兽快速爬下树干，跑过草丛，就来到了一棵苹果树下，然后用尖爪爬了上去。对面的树上藏着一只老鹰，这它是知道的，不过这会儿，老鹰正在熟睡，什么也察觉不到，否则它才不会冒这么大危险跑出来呢。

"小兽在苹果树上吃苹果，还不时哼着歌，可老鹰并没有从睡梦中醒来。这声音挺动听的，虽然听不懂什么意思。声音时断时续，而且拉得很长，高音一个接着一个：嘻——嘻——嘻嘻！

"这是它们特有的语言：我蹲在树上，孤零零的，忍受着饥寒，浑身没有一丝力量！快来吧，我的姐妹们！快来吧！来到这里坐坐，说说话，我们一起分享苹果，一起陪伴着彼此度过这难熬的冬天！不一会儿就静了下来，尔后又唱了起来。"

"园子里悄无声音，突然从四面就响起了细碎的耳语声："你等着，我们很快就到！"很快，苹果树下又响起了一阵沙沙声。一群小黄兽出现在了那里，它们也爬上了苹果树，越聚越多。它们聚到这里是来开会的，商讨一下何时冬眠，还有到哪里过冬的问题。

"不过，这些小兽都不清楚，跟前的橡树上竟藏着一只老鹰。夜已经很深了，黑乎乎的，老鹰什么也看不见。它不像猫头鹰，在夜间出来捕食。

它们经过商讨，最后一致决定不离开这里。猫头鹰正在监视着它们，特别是灰林鸮，太恐怖了！

这些小兽们,有的蹲在那儿不动,有的蜷缩着身子,抱成一团,有的伸开四肢,趴在树枝上。尽管林鸮有一对敏锐的眼睛,但还是没有发现小兽,就悻悻地离开了。

秋天的深夜在慢慢流逝。3只林鸮在林子里来回徘徊着,却依然毫无收获,因为这时小兽已经全都把自己藏起来了,而且藏得严严实实的。

黎明到来了。小兽感觉饿了,它们吃了些树上的果子、甲虫和小幼虫,就饱了。然后,小兽给同伴讲起了自己的树洞,它们决定就到这洞里过冬,于是都钻了进去。小野兽确定没落下一个,才最终回到洞里。

"这时,老鹰睡醒了。"

"糟了!爷爷,它是不是捉住小兽了?"

"是的,它可是猛禽,以捕食小鸟兽为生。而且,现在它也饿了。"

"不要啊,爷爷,你就让小黄兽跑掉吧!"

"跑去什么地方呢?你用心听,先别急着插嘴!"

"老鹰看到了那群小兽,它们正一个跟着一个地往洞里爬。这可让老鹰大吃一惊,怎么冒出来这么多小兽呀。在最后一只小兽就要进洞时,老鹰就向它发起了攻击。"

"爷爷,别这样!"玛依卡大叫道。

"但是,小怪兽快速爬进了洞里,只是尾巴被老鹰揪住了。老鹰抓着小兽的尾巴,使劲往外面拉,这可把小兽疼坏了,不过,小兽最终还是逃进了洞里。老鹰只抓掉了小兽的皮毛,无奈地离开了。"

"爷爷，小兽一定很痛吧？"

"不碍事的，它的尾巴和蜥蜴一样，皮毛很容易脱落，但不久又会长出来。最值得庆幸的是，小野兽逃过了一劫，又能和伙伴们生活在一起了。"

"小野兽的洞穴空间很大，完全可以容得下这些小家伙。它们紧挨着睡在一起，用毛茸茸的小尾巴当被子，盖在身子上。但是，那只受伤的小野兽可就没有尾巴被子盖了，它的毛皮被老鹰抓去了。冬天，它一定会被冻坏吧？别担心，洞里睡着十多个同伴呢，它们紧靠在一起，相互取暖，这样就不怕冷了。

"这就是小黄兽的故事。乖孙女，故事讲完了，你也该睡觉了！"爷爷又给玛侬卡盖了一下被子。

"爷爷，那是什么野兽呀？"玛侬卡问，"我真的没看到过它们吗？"

"这是一种隐身小兽，爱耍把戏，你在花园里玩时，它们就在洞里睡觉；当你睡觉时，它们就在花园里玩。冬天，它们不去冬眠，所以人们称它们为瞌睡虫。先前，你不是还说大话，认识森林里的所有野兽吗？"

怕事的安利什卡

费多拉家有一个女儿，叫安利什卡，人们都管她叫胆小鬼。她可不是一般的胆小，几乎整天在家里缠着妈妈，而且帮不上一点忙。

"安利什卡，我的乖女儿，"妈妈对她说，"到水塘里打点水，

把衣服洗了吧。"

"嗯！但是水塘里有青蛙。"安利什卡撇嘴说道。

"有青蛙又怎么了，它又不会把你吃掉。"妈妈说。

"它们蹦来蹦去的，我很害怕。"

无奈，妈妈只好自己去打水洗衣服了。

没多久，妈妈又说道：

"安利什卡，把洗好的衣服晾到楼上去吧，那里有阳光。"

"嗯！但是楼上有黑蜘蛛。"

"黑蜘蛛又怎么了？"

"它们长着很多脚，我好害怕。"

妈妈沉默了，自己就把衣服挂上去了。

"安利什卡，你去库房把牛奶罐取来吧。"

"嗯！但是库房里有大老鼠。"

"老鼠怎么了，它们又不会伤害你。"

"可它们有一根长尾巴，我害怕。"

你瞧瞧，这个胆小鬼真让人无语。

每当农场在夏天收割牧草时，安利什卡就紧跟在大人身后，寸步不离，就是帮不上一点忙。

有一天，妈妈对她说："安利什卡，到马林去吧，那里有很多浆果，准让你吃个够。"

安利什卡可是个馋嘴猴，最爱吃浆果，就像蜜蜂喜欢蜂蜜一样。听妈妈这么一说，她焦急地问道："妈妈，浆果在什么地方呀？"

"就在森林边上，我送你过去吧。"

安利什卡一看到红浆果，就跑了过去。

"就在这里摘吧，可别进林子里呀，那里不安全。"妈妈说道，"你胆小，什么都怕，有情况就大声叫我，我就在附近，不走远。"

那天可真是奇了怪了，安利什卡居然没叫妈妈一声。

中午的时候，没等妈妈去找她，安利什卡自己就回来了。她提回来了满满一篮子浆果，还把浆果汁搞得一脸都是。

"我的乖孩子，你真了不起。"妈妈开心地说道，"你从什么地方摘到这么多浆果呀？"

"我是在一棵浆果树下，就在小溪旁边。"

"你怎么敢去森林里呀，那里很危险的，野兽会把你吃掉的。"

"没什么野兽呀，"安利什卡笑着说，"我只见到了一只小熊。"

妈妈一听，可吓坏了。

"你说熊，长什么样啊？"

"全身都是毛，黑鼻子，绿眼睛，特别讨人喜欢。"

"我的上帝啊，你不怕它们吗？"

"不怕，我还和它们说话了呢，可它却爬到了树上。我叫它下来，可是我越叫，它就越往上爬。要是这会儿过去看看，它应该还在树上呢。"

妈妈这会儿高兴坏了。

"你在灌木丛里发现了什么吗？"

"我听到了啪啪的声响，可我还是继续摘浆果。不过，当我叫道：叔叔，你来帮我抓住那只小熊吧。那声音就消失了。"

"你太天真了！"妈妈说，"你干嘛要那样做呢，要不是小熊

一直纠缠你，说不定大熊就把你给吃了呢。"

农庄里的男人听到消息都赶来了，他们带着斧子和叉子向森林里走去。

人们在小溪边发现了那只熊，但让它跑掉了。不过，它们捉住了躲到树上的那只小熊，还把它送给了安利什卡。

转眼一年就过去了。如今那只小熊已经长大了，整天缠着安利什卡，就像她当初缠着妈妈一样。虽然她还小，但已经上1年级了，加然在讲台上根本就看不到她。不过，她现在很勇敢，什么都不害怕了。

现在人们开始叫她米莎了，再也听不到有人叫她胆小鬼了。米莎特别勤快，真是女孩中的好模范。她现在是妈妈的得力助手了，打水洗衣服，去库房拿牛奶罐，到楼上晾衣服，样样都会。

米莎真棒，真令人佩服，要知道之前就是一只老鼠都能把她吓坏的。

伊戈尔忙碌的一天

1

"伊戈尔！伊戈尔！"妈妈不停地叫着。伊戈尔似乎还沉浸在睡梦中，迟迟没有醒来，当他听到钓鱼两个字时，才突然有了知觉，他记起了自己今天是要去钓鱼的。

伊戈尔睁开眼睛，马上就爬了起来。

天还没有亮。这时，哥哥还在熟睡着，闹钟滴答作响。

没多久，伊戈尔就提着钓竿，背着鱼袋子，来到了大街上。

篱笆门被关上了，巴比克就从门洞里钻了出来。这是一种长着一对顺风耳和四条粗腿的狗，它活动了一下筋骨，打了个哈欠，就向主人追去了。

村庄管理会的屋子里，灯还在亮着。

伊戈尔心想，可能是村长阿那托里起来了吧，还是向他打声招呼吧。于是，他放下钓竿，就走进了屋子。

阿那托里看到伊戈尔，就放下手头的铅笔，向他问道：

"伊戈尔，是你呀，今天怎么起这么早？"

"我去钓鱼，"伊戈尔严肃地回答道，"想必，你忙了一宿吧？"

"是的，最近是割草期，事情特别多，又很紧急，必须抓紧做。"阿那托里一边说着，一边伸了个懒腰，揉了揉疲倦的双手。他是很愿意和孩子们，特别是队长的儿子伊戈尔，交流关于农忙的事情。

"割草期那又怎样？"伊戈尔说，"爸爸说今天就能割完最后一块草地。"

"嗯，是的，"村长说，"割完，就要把它们晒干，堆成垛，运进草棚。现在草地上还堆着大批牧草呢，一旦碰到连雨天，那就遭了，这些草可都是牲畜的饲料，不能有什么闪失呀！但是这样的好天气还有多少日子呢，我们来瞧瞧晴雨表就一清二楚了。"

说着，村长起身就向一面墙壁走去，那里挂着仪器，仪器上只有一个指针，下面一圈写着：风暴，降水，变更，晴朗，干旱。这时，指针正对着"变更"。

村长用手指轻轻触碰了一下指针，指针就指向了降水。

"正如我所料！"村长愣住了。

伊戈尔并不知道降水的真实意义，可他起码知道就要转天了，而且事情会很糟糕。

村长拿起电话，就打了起来，把伊戈尔都抛在了脑后。

"喂，喂！是站里吧，我找第二队队长！是，是第二队队长，就在湖那边。"

这时，从门外传来了狗叫声和抓门的沙沙声。

伊戈尔断定是巴比克，没顾得上和村长打招呼，就离开了。

2

巴比克见到主人很兴奋，向他扑去，舔着他的鼻子。

"啊呀，你还真烦人！"伊戈尔一边说，一边擦着鼻子，"你别再纠缠我了，有本事就去抓鱼呀？"

伊戈尔说着，带着鱼竿向湖边走去。

湖面被一层浓雾笼罩着。

这时天还比较冷，伊戈尔被冻得蜷缩着身子。他拿出两根钓竿，装上钓钩和鱼饵，就把它们抛到了水里。一根放在草丛里，一根拿在手上。

伊戈尔很擅长钓鱼，动作是那样娴熟，和大人相比毫不逊色。

天渐渐亮了起来，雾升腾起来，很快就消散了。伊戈尔目不转睛地望着浮标，它们在湖面上一动不动。突然，浮标动了起来，是手上的那根，瞬间沉入了水里，尔后又浮了出来。

"是拟鱼上钩了。"伊戈尔想。

没多久，浮标再次浮动起来，他用力将鱼竿一拉，就拉出了一条红鳍的拟鲤。他急忙把鱼线收紧，结果却让鱼跑掉了。

"哎，这鱼难道是假的不成！"伊戈尔抱怨道。

他重新装上饵料，刚放到水里，浮标就又动了。这次，伊戈尔很幸运地抓到了一条河鲈。

就在这时，第二根的浮标也动了。他迅速将鱼竿拉起，很顺利就钓到了一条花条纹的大河鲈。

这片水域很容易钓到鱼，伊戈尔自然是很欣喜的。但是他不能同时使用两根鱼竿了，因为他忙不过来，鱼会跑掉的。这时，又有一群饿狼似的河鲈向岸边游来了。不到半个钟头，伊戈尔就钓满了一口袋。

不一会儿，就驶来了一条渔船，伊戈尔听到了船上人的讲话，老人和年轻人是附近渔民村的，他们刚布下渔网，水面上还漂浮着木箱子呢。

"今天的收获怎样？"老人问伊戈尔。

"还行吧。"伊戈尔说。

然后，老人又和年轻人说起话来："你发现了没有，青蛙都爬到岸上去了。而且，我今天感觉腰酸背痛得很，这是下雨天的征兆啊。"

伊戈尔一听要下雨了，干草可就糟了，就收好渔具。

巴比克跑哪去呢？这会儿，他才想到自己的伙伴。

"巴比克！巴比克！"

巴比克从一艘破船里钻了出来。

"快往家里跑！"

伊戈尔说着，就急急忙忙地向山上的家里赶去。巴比克紧跟在他身后。

3

伊戈尔来到山上,发现太阳从林子后面升起来了。突然,从不远处传来了一阵巨响,原来是牧民正驱赶着牛群到牧场去。这些牛长得很健壮,一身黑毛,还点缀着少些白点,排着队似的,向前走着。

"干草是牛的饲料!"伊戈尔想到了村长的话。

现在,伊戈尔心里真有些不安了:"要是真下雨了,村民们还有时间收割干草吗?"这时,巴比克大叫着,跑到他跟前,像被人欺负了似的。3头牛正怒气冲冲得向巴比克逼来,正准备用角撞它。伊戈尔抱起巴比克,大嚷道:"干嘛呢?3个壮汉一起欺负一个小家伙!"

三头牛听了,犹豫了一下,就离开了。没办法,伊戈尔只能抱着巴比克回家了。它们对狗是有敌意的,会用犄角攻击它呢。

4

伊戈尔回到家里,并没有见到爸爸,他是村队长,每天都起得都很早。

屋子里正在放着广播,先是播放早间新闻,紧接着就是广播体操。哥哥是村里的司机,姐姐是菜园的看护员,他们在忙着洗刷,而妈妈正在炉边烧水。伊戈尔把钓来的鱼递给了妈妈。

"哎呀,好儿子,钓到这么多鱼,"妈妈笑着说,"一家人都能吃得到了。"

妈妈忙活了起来,大概10分钟过去,菜锅里就冒出了鱼香味。

"我刚听渔民说很快就要下雨了，草要抓紧时间收割呀。"伊戈尔说。

"嗯，我也知道了，"哥哥回答道，"村长有来告诉我们。可能雨不会在白天下吧，我们还是提早准备准备吧！"

吃过早饭，妈妈让儿子再去休息一会，但伊戈尔并没有去。他想天就要下雨了，正需要我去帮忙的时候，我可不能睡。

"那你就把早饭给你爸爸送去吧。"妈妈说。然后就把打包好的鱼饼和牛奶交给了他。

5

很快，村里人都外出劳作了。伊戈尔陪着妈妈来到河边，然后就带着巴比克去山谷找爸爸了。到那里还要走3公里呢，不过伊戈尔很快就抵达了。

在途中，巴比克还发现了老鼠洞，似乎被老鼠的味道迷住了，在洞口四处搜寻着。它在草丛中碰见了老鼠，就用爪子去捉它。但是它那样笨拙，又怎么能抓到老鼠呢。

不多久，伊戈尔就见到了爸爸，他正驾着一辆割草机，机器用两匹马拉着。他坐在前头，挥动着马鞭。后面拖着两把钢刀，很锋利，一个静止不动，一个左右旋转着，草就这样被割倒了。

爸爸停下来休息，吃早饭。

伊戈尔很想亲自操作割草机去割草。

"驾！"伊戈尔生硬地说道，"你到地头去吃饭吧，这些鱼都是我早晨钓的，特别美味！我也想驾驶割草机，你就让我割一

会儿吧。"

"鱼的味道很好，谢谢你。但是，你年龄还小，还是等你长大点，再驾驶割草机吧。"

伊戈尔想"抓鱼怎么不说我小呢？难不成我还对付不了这机器。"

爸爸看到儿子生气了，就说道："别生闷气了，去找你妈妈吧，说不定她会允许你驾驶马拉耙机呢。这点草我很快就割完了，忙完我就过去找你们。"

伊戈尔一听到马拉耙机，就兴奋的不得了。他吹了一个口哨，唤来巴比克，就向妈妈那里奔去。

6

河岸上的大片草地让人联想到沼泽，上面堆着的草垛跟沼泽里的土墩似的。妇女们把草堆平铺在地上，用阳光晒干它。伊戈尔的妈妈开着马拉耙机，把干草打成堆。儿子来开机器，她是很开心的，这样她就可以边看边搜集干草。

伊戈尔干得很投入，他来到地头，把耙机的手柄放低，让马缓慢前行，还不时地盯着后面看。干草一旦装满，就立马收起手柄，只留下一个草堆，然后再把手柄放下，继续前进。

这会儿，巴比克正在草地里跑来跑去，搞得干草满地都是，当男孩去捉它时，它却很开心。

太阳高悬在空中，没有一丝乌云。干起活来感到越来越热，但爸爸过来叫大家吃午饭时，伊戈尔反倒特别开心。

爸爸对孩子们说："孩子们，趁这会儿不工作，你们把马牵到河边洗洗澡吧。但是千万要当心，不能驱赶它们，这样很容易把它们惹怒的。"

7

　　伊戈尔还是满幸运的，一来就赶上了给马洗澡，这真是一件开心的事。他把马从耙机上卸下来，就爬上了马背。虽然他从来没有骑过马，但是现在看来他显然是一个不错的骑手。他张开双腿，用脚朝马肚子一踢，还吆喝了几声，马就走起来了，就像骑兵英勇地赶赴战场似的。

　　伊戈尔和小伙伴来到河边，就把马赶到水里。第一个下水的是身材高挑的瓦洛佳，他的马是棕黄色，个头挺高，在伊戈尔还没来到时，他的马半身都已浸没在了水里。伊戈尔来到河边，勒住了马，马儿停下来，喝了几口水，打了个喷嚏，就走进了水里。

　　巴比克在岸边狂叫着，来回奔跑，它虽不敢下水游泳，但也不甘寂寞，就去抓岸边的乌鸦了，拿它们寻开心。

　　孩子们都脱光了衣服，到水里洗凉水澡了。岸上还有一些怕水的孩子。马儿被赶到了水深的地方，它们也喜欢这清凉的湖水，也喜欢被湖水侵润的感觉。

　　突然，一阵欢笑声响了起来，伊戈尔转身去看，原来是瓦洛佳出丑了。瓦洛佳总想赶到别人前头，没脱衣服就想爬上马背上。当时马儿正在游水，他一不小心，就滑了下来，落进了水里。不过这也不是什么吓人的事，因为孩子们都会游泳，瓦洛佳跌进水里，很快就游了出来。

伊戈尔也下马，到水里游了起来。可是他们不能玩得太久，大人们还在等着他吃饭。没多久，马儿就陆续上岸来了。孩子们穿上衣服，就赶着马回去，吃午饭去了。

8

现在是中午，太阳高挂在头顶，万里无云，空气也是静止的。薄雾从地面上升腾到半空中。

队员们正在树下吃午饭，孩子们洗完澡也聚到了这里。

不多久，一个骑自行车的女孩出现在了公路上，背着一个鼓鼓的包，她就是村里的邮递员妮娜。

巴比克向她迎了过去，险些钻到车子底下去。妮娜下了车，向这边走来。队员们都围了过去。妮娜取出信交给了队员们，还把一摞杂志递给了队长。闲聊一会儿之后，她就向下一个村庄赶去了。巴比克也没能跟上她的脚步。

队长翻开杂志，正准备念最新消息时，就听到看一阵急促的马蹄声。很快，村长阿那托里赶来了。他惊慌地说道："没时间再读了，赶紧干活吧！马上就要下大雨了。还剩下多少干草没收拾？"他一边说着，一边向草地望去。远处是一片片打成堆的草垛，近处是一些还没来得及整理的干草。

"我们会尽力赶在天黑之前完成。"队长果决地说。

"到那时就晚了，"村长大叫道，"说不定一个钟头就会下起雨来。你们只有1个小时的时间，赶快去告诉大家，每人带着一个耙子，到这里帮忙，无论发生什么，都不能离开。"

这时，村长注意到了伊戈尔。

"伊戈尔你赶快回村子，把在菜园子里、养禽场、铁匠铺和马铃薯地干活的人全都叫来，还有让养马员把马都赶到这里来，就说这是村长的指令。"

说完，村长就离开了。队员们都忙活起来了。伊戈尔带着巴比克往村子方向赶，他为能肩负这样的使命而感到自豪。

9

去村庄的路上途径马铃薯地。有两个人正在开着拖拉机给马铃薯培土。

要不是伊戈尔是使命在身的话，他准会留下来的。拖拉机干活变有趣的，后面拖着一块装着5把大刀的木板，闪闪发光。

这种机器可以同时为5行马铃薯培土。拖拉机在前头，后面拖着培土机，很快就看到了一个个小土丘。

伊戈尔把村长的指示，告诉了拖拉机手。

"庄员的事情应该由自己去解决，我们没有理由去帮忙，而且我们自己还有任务。"一个小拖拉机手说道。

伊戈尔愣住了，这该如何是好？他不听村长的指令，那村长会不会派爸爸召集所有的人呢？不过大拖拉机手却劝阻道："不能随便说，你还不了解么，在特殊情况下，村长是有权利命令我们的，况且是在暴风雨到来之际。"

他们停下手里的活，向草地走去。

伊戈尔继续向村子走去。

10

菜园地就位于村子的山坡上,伊戈尔的姐姐是这里的管理员,同时还有几个和她一起工作的女孩,都是一个村庄的人。她们刚煮好一锅浆果,又香又甜。

伊戈尔把村长交代的事情转达给了姐姐,然后就享用起这些鲜美的浆果汁来。他还把一个大浆果扔给了巴比克,可巴比克闻了一下,却没有吃。

"大笨蛋!这么好的东西都不吃,却吃臭老鼠,真不知道你是怎么想的!"

姐姐和女孩们去草场了,伊戈尔又朝铁匠铺赶去。

11

铁匠正在两个帮手的辅助下修理收割机。伊戈尔专注地望着这些机器,想到自己若能驾驶着它们,在庄稼地里工作,那场景真是令人幸福呀!就是因为浮想联翩,伊戈尔几乎把自己要做的事情抛在了脑后。当他突然清醒时,才对铁匠说:"大叔,快到草场上去帮忙吧,就要下大雨啦!"

铁匠抬头望了一下,安静地说:"胡说什么呢,这么好的天,怎么会下大雨呢?"

"千真万确,是村长说的。"

"他又是如何得知的?"

"他从晴雨表上看出来的,指针指向了暴雨。"

"哦,是这样啊,有根据,那就是真的了,好吧,我们这就去。"

铁匠脱掉工作服,并吩咐助手把工具收起来,就向草场走去了。

12

接着,伊戈尔又去了养禽场。他老远就看见,白公鸡在院子里踱来踱去,它们长着大红冠子和长胡须。白母鸡也有一个大红冠子。小黄鸡向来都是从容地迈着步子。巴比克对它们来说是很可怕的,因为它会向这些家禽发动攻击。所以,伊戈尔没进院子,只是把村长的话告知了主管阿姨,让她来通知大家,赶去草场帮忙。

13

哥哥开的汽车就停在家禽场里,他正钻到车下忙着修理。伊戈尔走到汽车跟前,俯下身来,对哥哥说道:"哥,村长说就要下大雨了,让我们都到草场帮忙。"

"暴雨?"哥哥很吃惊,"我很快就把车修好了。"他用工具敲了一下车底,就钻了出来,拍了拍身上的尘土,把工具放到车座下去了。

"上来吧,我带你一起去。"哥哥启动了车子,对弟弟说。尽管伊戈尔很想坐车,但他还是忍住了,因为他还要把这个信息转达给养马员。哥哥驾驶着汽车,沿着公路向草场开去了。

伊戈尔一直望着哥哥离去的背影,这时却被巴比克的叫喊声惊到了,它正对着马儿呲牙咧嘴。十几匹马儿被关在了马棚里,在这阴凉的环境里,一点没有阳光的酷热,它们吃着饲料,偶尔甩动一

下尾巴，拍打苍蝇，悠闲自在得很。

一个高个子老头在马棚里忙碌着，他就是萨维里爷爷，我们村子里的养马员。他正在给马儿检查身体，查的睦它们是否被弄伤了。

14

"安静点，巴比克，"伊戈尔命令道，然后对老人说："萨维里爷爷，村长说让你把马儿全都赶到草场去。"

"为什么呢？"老人很诧异，望了望天空，"难不成要变天了？"

"嗯，是的，爷爷，就要下大雨了！晴雨表上是这样指示的，我亲眼看到的。"伊戈尔解释道。

"好，等会我就动身，不过我要回去通知老太婆一声。"

"那我们是骑马过去吗？"伊戈尔焦急地问道。

"是的，骑马去，带你一起去吧。"

伊戈尔今天太幸运了，什么样的好事都被他碰到了。爷爷离开后，伊戈尔就命令巴比克躺在马棚阴影下。巴比克确实累了，伸了伸懒腰，就安静地趴下来，闭上了眼睛。伊戈尔望着自己的伙伴，也感到困倦了，就依偎在巴比克身边睡着了。

等萨维里爷爷回到马棚时，伊戈尔已经沉入了梦乡，还轻微打着呼噜。

"小伙子怕是累坏了，"爷爷笑着说，"我还是别叫醒他了，让他多睡会吧。"

萨维里赶着一群马，就向山下走去。

这时，天空中漂浮着几朵云，尔后就消散了；太阳烘烤着大地，没有声音，没有风，特别闷热；草丛里的蟊斯也不叫了，几只燕子低空飞着；乌鸦停落在篱笆上，张着嘴巴，喘着粗气，打着瞌睡。

伊戈尔的呼噜声从马棚里渐渐地传了出来。

15

太阳就要下山了。天渐渐暗了下来，成片的乌云从湖那头慢慢涌上来，逐渐变大，在阳光的照射下，显得越发光彩夺目。太阳渐渐沉下，赶走了马棚边的阴影，霞光洒射到了伊戈尔熟睡的脸庞上。

伊戈尔做了一个梦，他梦到拖拉机手不听村长的命令，大声地叫喊着，一缕阳光就像冰水一样，射入他的眼睛里，会他酸痛不已。他又赶回了村子，可村里人也不愿意提供帮助。他们紧闭着房门，从窗口向他窥视，并投以冷漠的眼神。伊戈尔被吓醒了，呆坐在那里。他发现自己坐在马棚边，感到特别吃惊，竟怎么也想不起来为什么会在这里。

巴比克坐在他跟前，静静地望着主人。伊戈尔爬起来，舒展了一下筋骨，可还不知道是怎么一回事。更坏的是，他都不记得了自己到底有没有完成村长交代的事情。这时，他看到了天空的乌云，发现马棚里的马不见了。

突然，广播声从农舍的屋顶上传了过来，声音嘶哑而又急促。

这时伊戈尔才清醒过来，原来自己睡了那么久，就对巴比克发起火来。

"都是因为你，我才睡觉的！"他大嚷着，一脚向巴比克踢去，

却被它闪开了。伊戈尔立马向山顶跑去，慌乱中撞到了膝盖，痛得哭了，又委屈又难受，可他还是没有停下脚步，一直向山顶奔去。

村子死沉沉的，看不到一个人影，谁又能倾听他的苦楚，及时抚慰他呢。

16

伊戈尔来到山顶，向山下望去，在那里可以俯视整片草地。不过，现在看到的草地已经不再像沼泽了，成片的土墩没有了，却出现了几个大草垛。

人们正在堆起最后一个草垛，其他庄员赶着马过来了，后面拉着圆形的草垛。伊戈尔之前看到过人们是怎么堆草垛的，所以眼前的情景对他来说就不足为奇了。他清楚人们已经用绳子把草垛绑起来了，而且还在下面放了竹竿。

草垛堆得还不算高，几个小伙子站在上面。庄员们把干草扔上去，小伙子就把它们踩在脚底，压得结结实实的，就这样草垛越堆越高。

乌云出现了，它们从湖的一端向太阳逼拢过来。

伊戈尔看见，村长正骑着马向这边赶来。他一边挥动着双手，一边大声发号施令。可是伊戈尔距离太远了，根本听不到任何声音。他急不可耐，很快就来到了草场。人们都在忙着干活，根本没有人注意到他和巴比克。伊戈尔怕是干不了这里的农活，他唯一能做的就是帮着把干草送到草垛旁。

这时，太阳已经全被乌云笼罩了，天也在渐渐变暗，仿佛黑夜就要来临了。

不过最后一个草垛堆好了，上面放满了干草和灌木枝。

突然起了一阵狂风，散落的干草都被风吹跑了。草垛因为堆得足够严实，才没被风吹乱。看来，村长早就提前筹备好了这一切。孩子们从草垛上爬下来，人们就把一个犁压在了上面，还在四周挖了一道排水沟。

紧张的农活结束了，干草都得到了完好的保护。

但紧张的氛围还没有过去，庄员们又向四周打量了一下，看看还落下了什么没有做完的事情吗？

17

突然，一阵汽笛声传来了，一道明亮的闪电从空中划过。随后，雷声滚滚而来。庄员们都慌了，大叫着向公路跑去。有马的骑上马就赶回村子了。伊戈尔的哥哥把车停在了公路上，正鸣笛招呼着大家上车。车里顿时挤满了男女老少。等人都上齐后，哥哥就开动汽车，向村庄驶去。

待汽车走后，草场上一片死寂，只剩下伊戈尔拼命呼喊狗狗的声音："巴比克，巴比克！"

小狗被突降的闪电和雷声吓到了，躲进了灌木丛里。伊戈尔不忍心丢下巴比克，就没有和大家上车。

"巴比克，巴比克！"他大声地叫着，显然巴比克是能听得到的，但它并没有从灌木丛里出来。

天渐渐黑了下来，闪电和雷声接二连三地袭来，这可把伊戈尔

吓坏了，内心充满了恐惧。

"不管它了，干脆被野狼抓去吃得了。"伊戈尔生气地想。

18

不过很快他就鄙视起自己来，不应该有这样的想法。

"它又小又笨，弱不禁风，我怎么能抛下它呢。"

这时，草丛里突然有什么东西颤抖了起来，黑黑的，长长的。伊戈尔打了一个冷战，难道是毒蛇？一转念才想到是巴比克的尾巴。

伊戈尔把它从灌木丛里拉了出来，又大声呵斥了一番。很快，豆大的雨点就降下来了。可是灌木丛又不能遮风避雨，于是伊戈尔抱着爱狗向草垛跑去。

他在草垛发现了一个洞，就和巴比克一起钻了进去。雨哗啦啦地下着，电闪雷鸣。巴比克吓得浑身打着哆嗦，紧趴在主人怀里。伊戈尔却没什么好怕的，还庆幸有这样一个避难所，面对这只笨头笨脑的小家伙，他觉得自己更应该冷静下来，像大人一样去给予它帮助和关怀。

"你浑身动什么呀？胆小鬼。"伊戈尔抚摸着巴比克的绒毛，亲切地说道："安心地呆在这里，发什么抖啊，雷声很快就会停止的。"

是的，雷声很快就停了。现在遍地都是水洼，里面还冒着泡泡，排水沟变成了一条小河。狂风肆无忌惮地吹着草垛，但也拿它没辙。

乌云逐渐消散了，暴风雨突然骤停了。天亮了起来，太阳又出来了。雨后的空气清新极了，草地、灌木丛和干草经过雨水的洗刷，像星星一样闪闪发光。公路上驶来了一辆汽车，就停在了草垛边，哥哥走出来，对伊戈尔说道："你躲到什么地方去了？村长放心不下，就让我来找你。我说：不碍事的，都长这么大了，不会走丢的，去找只是白白浪费汽油而已。正如我所料，你看，衣服还是干的呢。"

"我躲到草垛里了。"伊戈尔说着，带着巴比克，就上了车，回家去了。

19

伊戈尔回到家，吃过晚饭，出来散步时，又碰到了村长。他正和萨维里爷爷交流着。

村长远远地看见他，就招呼他过来。伊戈尔走到他们跟前，村长就对萨维里爷爷说："这孩子今天表现不错，把大伙都召集来了，应该好好奖赏他一下才是，干脆就让他跟着你去值夜班吧！"

能和萨维里爷爷一起值夜班是一件很幸运的事情他会带你骑马兜风，还给你讲有趣的故事，爷爷可是很擅长讲故事的呢。

"一定会带他去的。"爷爷点头应许了。

伊戈尔很兴奋，急忙跑回了家。

"妈妈！"伊戈尔急着叫道，"我要拿一件皮衣，晚上跟萨维里爷爷去值夜班，这是村长的意思。"

"你疯了？"妈妈很气愤，"村长让你白天钓鱼，晚上值班，你哪有什么时间睡觉啊？"

"捉鱼不是昨天的事吗？"伊戈尔解释说。

这时，爸爸及时地出现了。

"看在他今天帮了不少忙的份上，作为奖赏，就让他去吧。更

何况，有萨维里爷爷看护他呢，你就放心吧！"

妈妈一直嘟囔着，不过还是为他准备了皮衣、面包和牛奶。

20

等伊戈尔来到马棚时，太阳已经下山了。萨维里爷爷把一件大衣盖在了一匹小黑马背上，就让他坐到上面去。

马儿直接向湖边奔去了，那里是大牧场，它们已经很熟识这条路线了。

爷爷和伊戈尔跟在马群后面，聊着天。当巴比克嗷嗷叫唤时，他们已经离开了村子。

"你的伙伴很忠实，"爷爷笑着说，"等你长大成人了，它就会成为你的得力助手。"

"那是一定的，"伊戈尔自豪地说，"它就是一只猎狼犬。"

他们到了牧场，把围栏门关上，很快就在河边生起了火。两堆火苗不停地燃烧着，一堆是爷爷的，一堆是伊戈尔的。但是伊戈尔那堆很快就熄灭了。他是故意燃烧云杉树枝这样易燃物的，所以很快就烧完了。

爷爷吩咐他睡在篝火旁，那里的沙土已经被烘干了，睡在上面很温暖。爷爷又给自己的那堆篝火添加了一些干木柴，那样一整夜都不会灭的。

漆黑的夜包拢着这小小的光圈一阵浓雾弥漫在湖的上空，就像一顶黑帐篷遮在上面似的。林子尽头的霞光也消失了，四下里一片沉寂，偶尔响起马儿的低叫声。

21

伊戈尔睡在皮大衣上，盯着火堆，似乎在沉思什么。

"爷爷，给我讲个故事吧。"伊戈尔恳求道。

爷爷拿出烟斗，装上烟丝，又从火堆里取出火来，将它点燃，平静地对他说："好吧，那我就说说关于小草的故事吧。听完了，告诉我它的寓意是什么？"

"村庄里有一块草地，那里生长着很多不同种类的草，可并不是每一种草都能成为饲料。这些草有梯牧草、早熟禾、冰草、篝火草、刺猬草、狐尾草等，还有一种小穗草，长得很一般，不怎么好看，也没啥用。

"虽然它身体很小，但大个草从不伤害它。

"'就随它去生长吧，'梯牧草和狐尾草说，'身边陪着这个小家伙，看起来也是挺开心的。'"

但是冰草和篝火草却不这么认为。

"从哪冒出来的丑家伙！只是一味地趴在我们脚下，不觉得害臊吗？我们长得这么高大，可它就那么矮小，跟铃兰似的。"

"还说像铃兰呢？"刺猬草不屑地说："一点香味都没有，哪有什么存在价值！"

"牧草收割期到了，割草机从地里驶过，这些草被躺在了地上，成了干草。"

"庄员们把这些干草全都奉献给了政府，政府很感激他们：'真是太感谢你们了，你们的干草真是太优良了。它到处弥漫着一种芳

香，看来这是一种香草吧。'"

"农民把这些干草喂给牲畜吃，可它们连瞧也不瞧。但是如果把它们做成垫子，就不一样了，躺在上面舒坦极了，干草那种清香让人闻起来很陶醉，甚至还可以催眠呢。"

"而这种香味,就是那棵小穗草散发出来的,这是铃兰的味道。"

"孩子你说说看，怎么就长出了这样一种小草呢？它在高密的草丛中，是如何生存下来的呢？其实，这都是源于它的坚强，它想让别人刮目相看，所以弥漫芳香。要是没有小穗草，这些干草毫无用处，是它的香味给人们带去了喜悦。"

萨维里摆弄了一下烟斗，瞧了瞧伊戈尔，发现他已经睡熟了，就把皮大衣给他盖上了，包得严严实实的。

这时，巴比克从河边跑来了，它一直忙着捉青蛙，可把自己累坏了。

"猎狼犬，好好看护你的主人吧，这才是你的正事。"爷爷笑着说。

巴比克开心地摇着尾巴，似乎听懂了老人的话，像个士兵似地准备接受使命。可当爷爷给火堆添完柴火，回头再看它时，巴比克已经趴在主人身边睡着了。

"你们也辛苦了一天，"萨维里爷爷轻声说道，"小铃兰……"

他又抽起烟斗来了。